自己肯定感低めさんに捧ぐ

心のうわがき図鑑

なおにゃん

KADOKAWA

はじめに

こんにちは
なおにゃんです
ふだんはSNSで
メンタルに関する
イラストを描いて
投稿したりしています
今回の本は
ズバリ…
「心のうわがき」
というテーマで
書きました
ジャーーン
心のうわがき
なおにゃん
…というのも
みなさんは
何かミスをしたり
うまくいかなかった
ときに
自分にダメ出し
しちゃうことは
ありませんか？
自分は
めっちゃあります…

自分の場合は
ささいな失敗をした
だけで
ウウーーッ
もう
ダメだ〜〜ッ
ものすごく落ち込んで
自己否定が
止まらなくなったり…
おまけに
過去の失敗も
芋づる式に思い出し
ウウ〜ッ
すべてが
ダメダメ
だ〜
そういえば
あのときも
あのときも
同じような
失敗した…
3日前の失敗
先月の失敗
1年前の失敗
半年前の失敗
過去という「土」
自分の人生ごと
否定してしまうことも
ありました
…でも自分を
否定し続ける限り
自己肯定感も
どんどん
下がっていくし
こんなんじゃ
いつまで経っても
幸せになれない…
気がする…
一体
どうすれば…？？

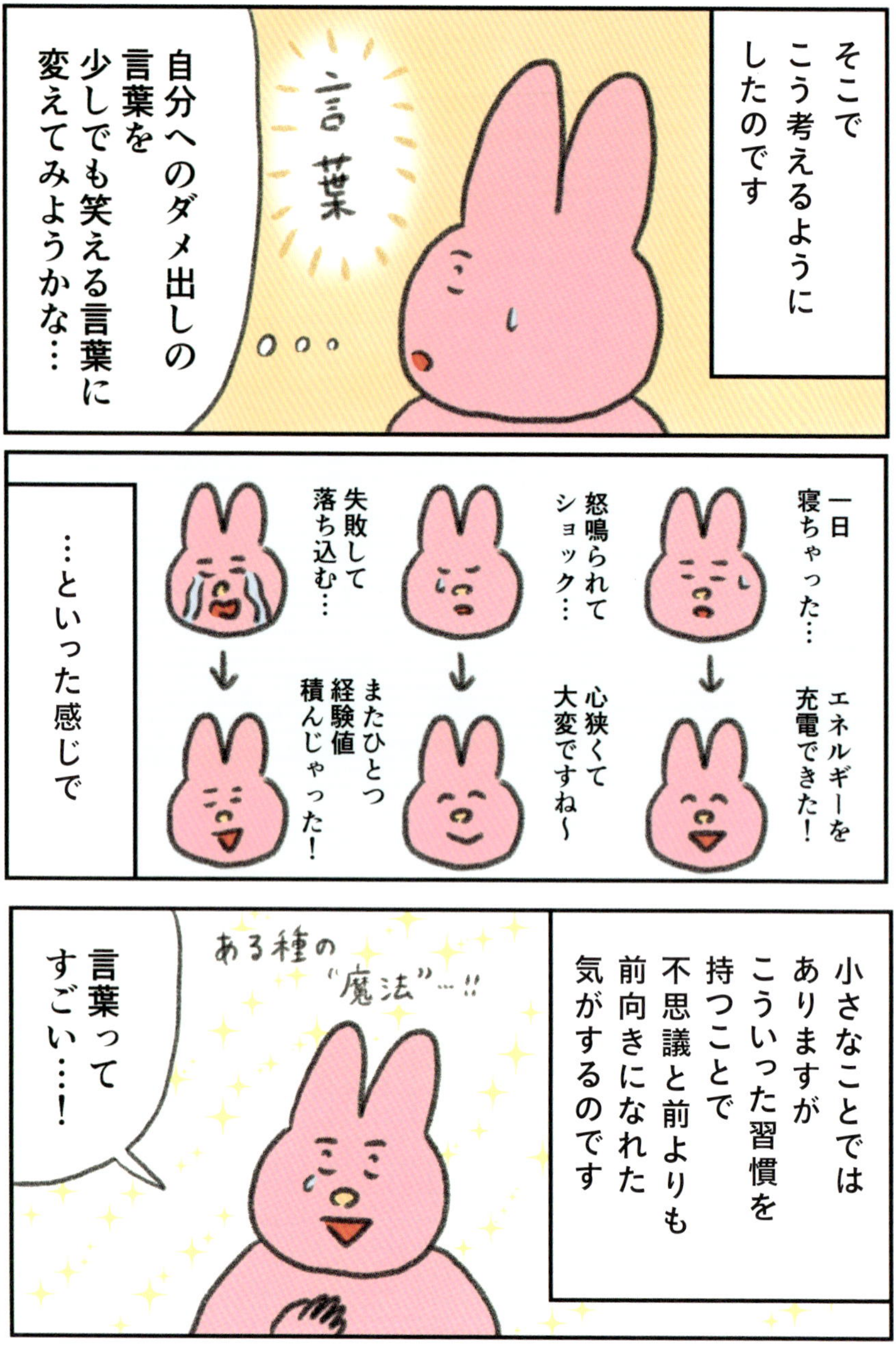
そこで
こう考えるように
したのです
言葉
自分へのダメ出しの
言葉を
少しでも笑える言葉に
変えてみようかな…
一日
寝ちゃった…
エネルギーを
充電できた！
怒鳴られて
ショック…
心狭くて
大変ですね～
失敗して
落ち込む…
またひとつ
経験値
積んじゃった！
…といった感じで
小さなことでは
ありますが
こういった習慣を
持つことで
不思議と前よりも
前向きになれた
気がするのです
ある種の
"魔法"…!!
言葉って
すごい…！

この本では
昔の自分だったら
こんなふうに自分を
責めていたなぁという
言葉と
自分って心が
狭いのかな…
うわがき
ムカつくもんは、
ムカつく〜
うわがきした言葉を
エッセイとイラストで
紹介しています
どうせ過去は
変えられないし
言葉ひとつで
自分の人生の解釈が
プラスにも
マイナスにも
変わるなら
1秒でも多く
幸せを感じたい〜
せっかくなら
プラスに変えて
いきたい
特に過去に
傷つくことがあったり
ふだんから
落ち込みがちな人が
少しでも前向きに生きる
手助けになったら
いいなぁと思い
この本を書きました
ぜひ読んで
いただけたら
うれしいです…！

Contents

第3章 メンタルがとことん落ちてしまったら

第4章 家族のことでしんどいとき

第5章 自己肯定感が低いとき

Column

文・イラスト・漫画／なおにゃん
デザイン／高橋朱里（マルサンカク）
DTP／茂呂田 剛（エムアンドケイ）
校正／根津桂子　新居智子
編集／新谷麻佐子　中野さなえ（KADOKAWA）

第１章

仕事や職場で悩んだら

上司と合わない、仕事ができない、忙しすぎるなど
ああ、仕事や職場って悩みの宝庫！
手を抜いたっていいじゃない？　さあ視点を変えてみよう。

失敗して落ち込む……

またひとつ経験値積んじゃった！

仕事先の人と業務報告のやり取りをするために、あるアプリに登録しなければならなかったのだが、なぜか自分だけが何度やっても登録できずエラーを起こしていた。

スマホの設定のせいなのか、ほかの人は普通にできているのに、なぜか自分だけができない。

結局、期日ギリギリの夜、取引先の人に一から教えてもらいながら設定し直して、ようやく登録ができた。何より夜中まで相手を付き合わせてしまったことが本当に申し訳なく、情けない気持ちでいっぱいだった。

自分が無能で苦労するのは仕方がないとして、今回のように相手まで巻き込んでしまったときは本当に落ち込む。その日の夜は久しぶりに体育座りをして反省した。

でも、いつまでも落ち込んではいられない。今回のことで、そのアプリの使い方や設定のやり方を学ぶことができた。失敗したから得た知識もあるし、またひとつ経験値を積めた。助けてくれた方にも感謝しつつ、その経験を次に活かしていきたい。

失敗して落ち込みそうになったときの そのほかのうわがき言葉3選

1

またひとつ成長できた！
（失敗したことにより
新しいことを学ぶいい機会に
なった）

2

データが収集できた！
（自分の弱点を知ることができて
今後の対策にもなる）

3

人の役に立てる！
（自分と同じ失敗をしないためにも
人にアドバイスすることができる）

こう思って切り替えていこう…！

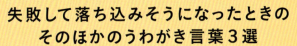

上司が認めてくれない……

自分を認めないなんて変なの〜

自分が休職したときの体験漫画をずっと描きたいと思っていた。

出版社にそういう漫画の持ち込みをしていた時期もあった。自分のように職場でつらい思いを抱えている人にきっと役立つ漫画になると信じていた。でも、断られた。「うつがテーマの漫画はたくさんある」「そもそも実績がない」など出版社の人から散々言われた。

すべて自分より年上の方だったと思う。断られるたび、正直、センスないなって本気で思っていた。

その後、KADOKAWAから声をかけてもらい、念願叶って『うつ逃げ』という漫画を発表できた。当時、ネットニュースでもよく取り上げられ、海外でも翻訳出版された。発表して数年経つが、ありがたいことに、今でも「励まされた」という声をたくさんいただく。諦めずに描いて本当によかった。

特に実績がない若者だと上の世代の人から認められることは難しい。でも本当に自分の信じるものだったら、己《おのれ》の道を突き進んだほうがいいと思うし、ぜひ突き進んでほしい……!!

掲載を断られたけど絶対にいいものになると思うから
〜2年前〜
カキ…
カキ…
休職体験の漫画のラフを描き続けよう…
あのとき自分を信じて本当によかった…
〜現在〜
こちらこそ
ありがとう…
とても励まされました！
自分も決断できました ありがとうございます！
感動しました！

仕事ができない……

できない自分がウケる

書いていて悲しくなるが、自分は仕事ができないタイプだと思う。

特に社会人としての必須スキルであるスケジュール管理が本当にできない。後ろから時間を逆算することが苦手で、いつも締切前になって慌てている。こんなに忙しくなるとわかっていたら、1週間前からもっとちゃんと仕事を進めていたのに、なんであのときの自分はあんなにぼーっと腑抜けていたんだろう。1週間前の自分に対して絶望し、真顔で詰め寄りたい気分になる。

でも、いちいち絶望していても仕方がない。喜劇王として知られるチャールズ・チャップリンはこんな名言を残している。

「人生はクローズアップで見たら悲劇だが、ロングショットで見れば喜劇である」

今日もバタバタ慌てているダメな自分を、ちょっと斜め上から見下ろすような気持ちでいよう。絶望して落ち込むよりも、いっそのこと笑ってしまおう。今日もやらかしてんな〜、自分ウケるって。人生は喜劇なんだし。

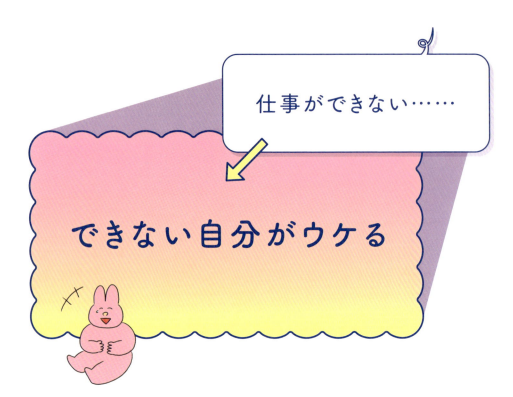

自分ウケる〜
斜め上から
俯《ふ》瞰《かん》している自分
ひえぇ〜
ジタバタしつつも
ジタバタしている自分自身を
おもしろがる余裕を持ちたい…！
仕事でミスって
テンパっている自分

忙しすぎてもう無理……

手抜きの工夫をしよーっと

自分はフリーランスで働いているので、タイミングによっては仕事が重なってしまい、それによって一人でパニックになってしまうときもある。

あるとき、あまりに忙しくて「もう無理」となってしまった。仕事でイラストはもちろん描くし、ふだんSNSにアップしているイラストも描きたい。どちらもちゃんとやっている時間はないから、今は仕事を優先しなくてはいけない。でも、趣味のイラストも続けたい……。

いろいろ悩んで、こう決めた。「よし、趣味のイラストは手抜きしよう！」

忙しい時期だけは、SNSにアップするイラストは色を塗らずに白黒で描き、絵日記として公開した、ザ・手抜き。でも、これはこれで案外楽しい。絵日記に共感してくれる人が思いのほか多くてうれしかった。

ラクをしたいと思うからこそ、工夫が生まれる。時間も短縮されるし、新しいアイデアも生まれる。手抜きをする工夫って、案外大事かもしれないなと思った。

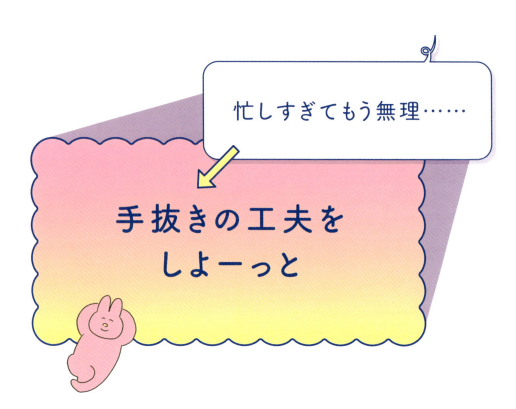

忙しくて
いっぱいいっぱいに
なっているとき
もうダメだ〜〜〜
家事する気力もない〜〜〜
バターン
すべて完璧を目指そうとすると
しんどくなってしまう…

そんなとき
手を抜けるところは
手を抜く勇気も大切…！
この冷凍パスタって
おいしいんだなぁ〜!!
うめーっ
意外と
新しい発見もある…！

経験がなくて不安……

斬新なアイデアが生み出せるチャンス！

会社員時代、特に新人の頃、毎月の企画会議が怖かった。

当時、児童書出版部で働いていたのだが、少し前まで大学生をやっていた自分にとって、子どもの本の世界はちょっと特殊すぎて、新しい本の企画を立てる際にはいつも苦労していた。

今人気の絵本作家さんは誰？　どんな企画だったら子どもウケしそう？

あるとき、あまりに企画の出し方がわからず、行き詰まってしまったので、先輩社員に相談してみた。すると、こんなことを言ってくれた。

「いいんだよ。最初は絶対に企画を通さなくちゃいけないとか思わないで。とりあえず企画は出せるだけ出してみればいい。それに、新人のほうが変に業界の常識がないぶん、おもしろい企画が出せるチャンスなんだから」

その言葉にとても勇気をもらった。新人だからこそ生み出せるものがきっとある。経験がないということも、ひとつの武器になるんだと気づかせてくれた出来事だった。

『SLAM DUNK』の主人公
桜木花道が
おめーらバスケかぶれの常識は、
オレには通用しねえ！！
シロートだからよ！！
ジャーン
と言っていたように…
経験がない素人だからこそ
武器になることってたくさんある
おもしろい企画書
書けた!!
素人であることに
自信を持とう…！

人に頼めない

頼まれたら相手もうれしいはず

人の気持ちをあれこれ考えすぎて、頼みごとをするのが苦手である。

「迷惑じゃないかな」「自分が頼むことで相手の時間を奪ってしまうのではないかな」などと、頼む前から勝手に想像しては、申し訳ない気持ちになり萎縮《いしゅく》してしまう。会社員時代は、新人でまだなんの経験もないくせに、できない仕事も全部一人で抱え込み、キャパオーバーになってしまうこともあった。

でも、近頃はこう考えるようにした。

「逆に、もし自分が人から仕事を頼まれたらどうだろう？　いやだと思うより、この人は自分を信用してくれているとわかって、うれしい気持ちになるかも……」

頼みごとをされるということは、つまりは頼られている証拠。

もちろん相手が忙しいときは遠慮したほうがいいけれど、人間関係は持ちつ持たれつ、いっさい人に頼ったらいけないなんてことはない。それに頼られたら相手もうれしいかもしれないと思うと、前よりも声をかけやすくなった。

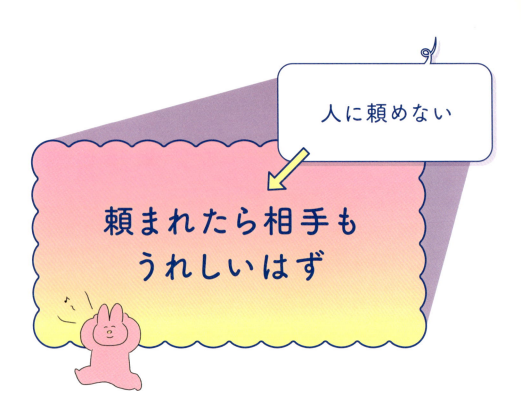

人に甘えたら いけない
人に頼ることは 悪いことだと 思っていた
でもあるとき
なおにゃん さーん
なおにゃんさんの イラスト好き なんだけど
もしよかったら 今度の社内報の イラストを 描いてもらえるかな？
素直にうれしかった
了解です！
ありがとう〜!!
頼みごとをされるって 誇らしい…

職場の人が厳しすぎる……

「今」厳しくされてよかった

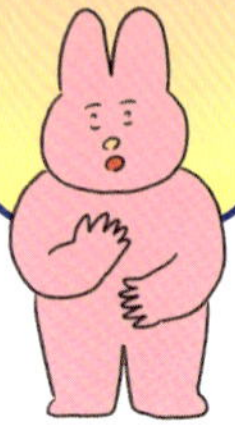

最近、中国の方とお仕事をさせてもらう機会が増えたのだが、思いのほか大変である。たとえば、先方が送ってくれたグッズの監修をする際、自分はだいたいの色や形が合っていればOKを出すのだが、その態度に対して注意をされる。

「なおにゃんさんは甘いよ！　これは仕事だよ！　ちゃんと見てもらわないと困る」。ふだんはおおらかな担当者も、仕事のチェックとなると、とても厳しい。サイズ、色、表情の指定が、日本よりよっぽど厳重であるように感じた。

一時期、あまりの厳しさにその理由を聞いてみたところ、キャラクターの権利がまだ弱い中国だからこそ、キャラクターと作家を守るためにも厳しくチェックしているという。その話を聞いて、自分の甘さを思い知り、反省した。

でも、そんな自分の欠点に「今」気づけてよかった。だって今気づけばこれから直していけるし、もし気づくのが遅くて後々もっと大変な事態が起きたら、そっちのほうがよっぽど落ち込むから。厳しさもプラスにとらえたい。

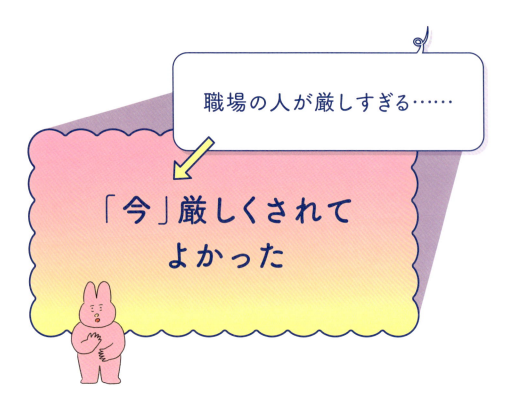

「今」注意してくれなかったら
ギャ〜〜
損害
借金
追放
クレーム
失敗
ものすごい不幸
未来の自分がもしかしたら
ひどい目にあうかも
しれない…
ありうる未来…

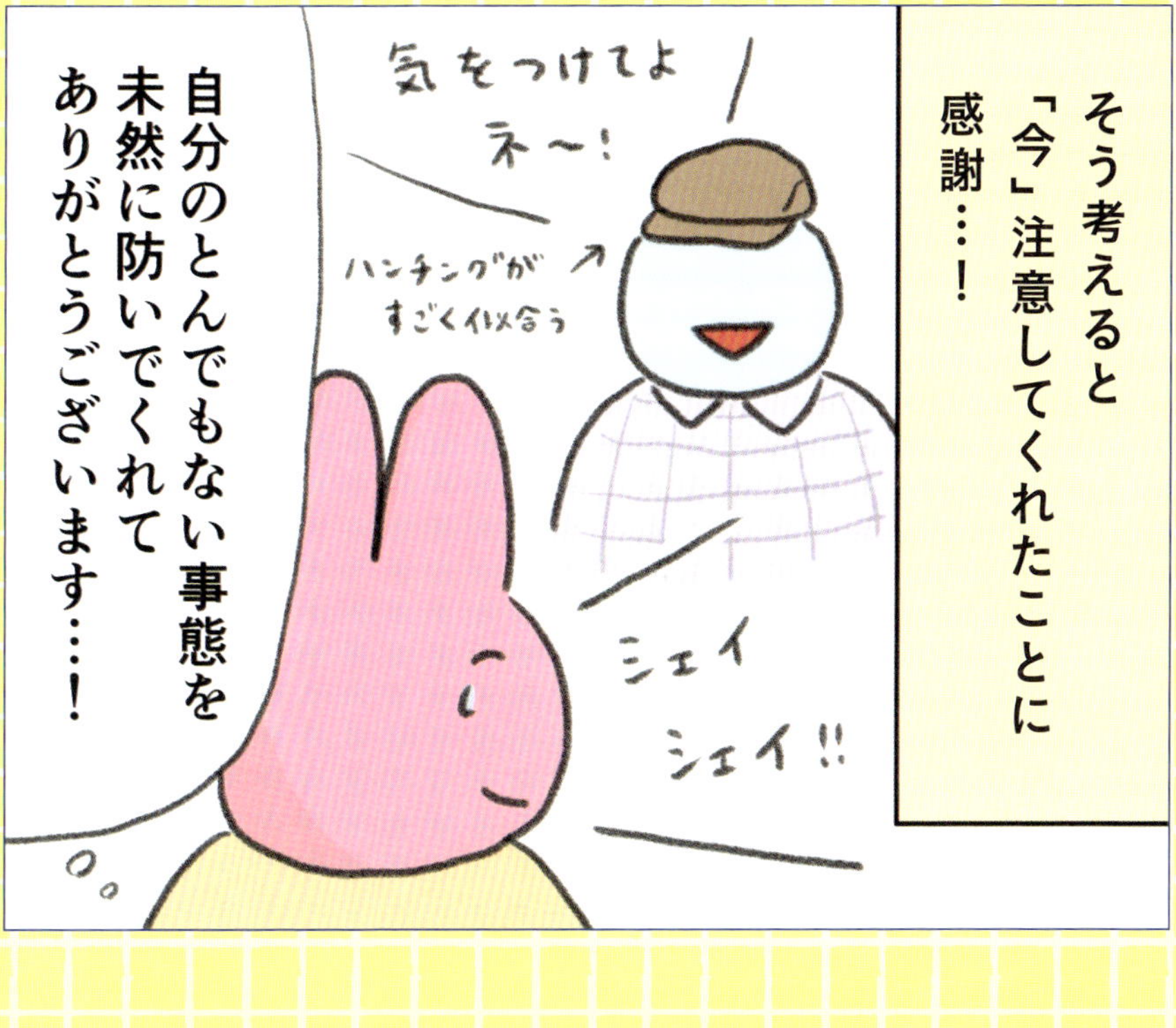
そう考えると
「今」注意してくれたことに
感謝…！
気をつけてよ
ネ〜！
ハンチングが
すごく似合う
シェイ
シェイ!!
自分のとんでもない事態を
未然に防いでくれて
ありがとうございます…！

あの人、空気が
読めない……

仕事でガンガン攻めていける人

イラストの仕事がなかったとき、自分はある玩具の会社で派遣社員として働いていた。

その営業部にちょっと変わった男性社員がいた。見た目は初々しい感じだが、空気が読めない行動をしてよくまわりの人を驚かせていた。

あるとき、不機嫌そうな顔をした部長が打ち合わせのために慌てて出かけるタイミングで、彼は「報告書ができました。ご確認と捺印、お願いします！」と部長を引きとめて、まわりを凍りつかせたことがある。

絶対、今じゃない。全然空気が読めていない。案の定、そのあと彼は上司からガツンと怒られていた。

でもそんな彼であるが、営業成績はいつも抜群によかった。なんせまわりの目をいっさい気にしない。まわりが恥ずかしくなるくらいハツラツとした声で、彼は電話でガンガンと注文を取っていた。実際、ものすごく素直な姿勢が、取引先の人たちには高く評価されていた。

空気を読むのが苦手な彼だからこそ、爆発する才能があるんだなと思った。

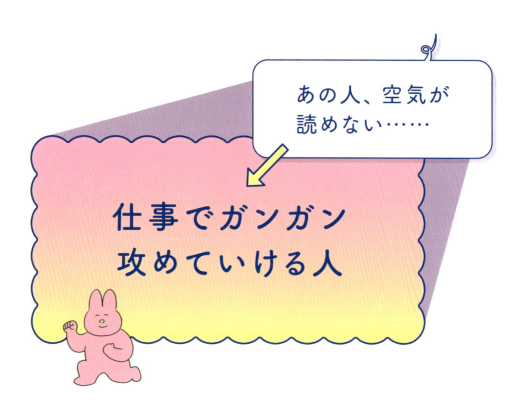

ご確認
お願いします！
イラ〜
絶対
今のタイミング
じゃない…
ダッ

そんな空気を読むのが苦手な彼は
営業でも果敢に攻めていた…！
スゲー
早速お電話をさせて
いただきました！
ご検討よろしくお願いします！
ハキ
ハキ

あの人、正直すぎてやばい……

結局、正直者が愛される

自分が出版社で働いていた頃、フロア内のすぐ隣の部署が文芸書編集部だった。特に自分はその真後ろの席に座っていたので、よく彼らの会話が聞こえてきたのだが、あるとき、「えっ？」と驚くようなことを言う先輩がいた。

先輩は業界でも重鎮と呼ばれるような歴史小説の作家の本を担当していたのだが、その先生と電話で打ち合わせをしているときのこと。

「僕、じつは歴史のことよくわからないし、本当は歴史好きじゃないんですよねー！　たまたま配属になっただけで。あーはっはっ！」

先輩は爆笑しながら話していた。自分はヒヤヒヤしながら聞いていた。

でも先輩はいつも楽しそうにその作家と電話で話をしていた。

別の先輩いわく、彼はものすごく正直な人で、作家も彼に対しては腹を割って話せるらしく、いい作品づくりができるらしい。はたから見たらびっくりするような正直者こそが、最後は愛されて信頼されるのかもしれない。

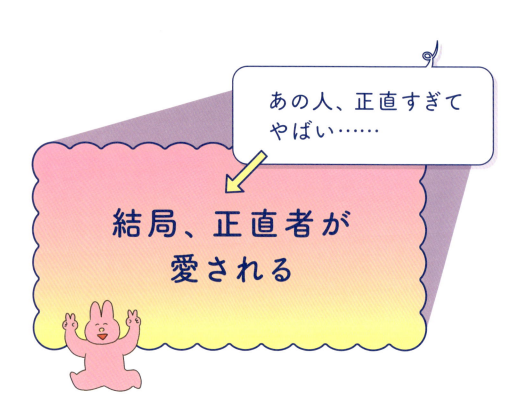

正直すぎる
先輩は
人に囲まれるの
憧れるなぁ…
正直ってそれだけで
すごい才能なんだなぁ…
会社の同僚たちからも愛されていて
先輩のまわりにはいつも人がいた
正直すぎる
先輩

締切に間に合わない……

がぜん、おもしろくなってきたじゃん！

自分は派遣社員としてある大学の経理でも働いていたことがある。

そこでは教員の伝票をひたすらチェックする仕事を任されていたのだが、時期は年度末直前。ひっきりなしに送られてくる伝票の量に驚いた。

伝票チェックをいくらやっても全然終わらないのだ。でも、自分は派遣社員。退勤時間は決まっているし、勤務時間内に仕事を終わらせないといけない。しかもそのタイミングで女性職員が産休に入った。人数も減り、年度末が近づくにつれて、ますます伝票の量が増えていく。さすがにピンチでドキドキしてきた。

でも、不安の中で、むしろスイッチが入った。

「このピンチの状況、がぜんおもしろくなってきたじゃん……！」

自分はただの派遣社員。でもまるで漫画の主人公のような昂《たか》ぶりだった。その結果、集中力も高まり、なんとか仕事を終えることができた。

どんな環境にいても、ピンチのときこそ、むしろ燃え上がる主人公マインドを大事にしたい。

この状況、無理すぎる…
もうダメだぁ…
てんやわんや
伝票の山
絶望して手を止めてしまうよりは…

この状況おもしろくなってきたじゃん…！
メラメラ～
バババババ！
ピンチから逆転する主人公気分で燃え上がりたい！

社内でやることがない

この時間で何か
スキルを磨いちゃおっと

　会社員時代、うつになり休職したあとは、復職して別の部署に異動になった。でもそこでは、仕事ももらえず、誰からも話しかけられず、ただ会社の椅子に座って一日をぼーっと過ごす「社内ニート」として日々を送っていた。

　忙しすぎるのも憂うつだけど、心をもっとむしばんでいくのは案外「暇」だったりする。誰からも必要とされていないと感じながら、ただ時間が過ぎ去るのを待っていた。

　でもあるとき、だったらこの時間は自分にとって有意義なことをして過ごそうと開き直った。そして、机でタイピングの練習をはじめた。

　当時まだタッチタイピングが苦手だったので、「あいうえおかきくけこさしすせそ……」とひたすらにカチャカチャ打ちまくっていた。もっと速く、もっと速く。暇な時間はずっとタイピングの練習をして過ごした。

　その結果、タイピングが速くなり、この本の原稿もその速さを活かして打っている。社内ニートの人ほど、自分のスキルを磨いてしまおう……！

病み上がりで社内ニートだった頃
どうせ仕事もないし
誰からも相手にされないから
タイピングの練習でもしよう…
あいうえお　かきくけこ…
さしすせそ　たちつてと…
なにぬねの　はひふへほ…
まみむめも　らりる
れろ…　やゆよ…
ううう
カチャ
カチャ
カチャ
カチャ
その結果
目をつむっても
余裕でできる…!!
カチャカチャ
カチャカチャ
カチャ
カチャ…
今ではめちゃくちゃ
タイピングが速くなった！

頑固な性格で申し訳ない

譲らないものがある自分が誇らしい

自分が勤めていた会社では、朝礼会なるものがあり、毎朝交代で順番が回ってきた人が会社の社訓を読み上げることになっていた。

それが自分に回ってきた。しかも自分がうつから復職した日の朝にである。復職したタイミングでみんなの前で元気に挨拶したほうがいいという上司の謎の計らいがあり、その日、自分がやらされることになったのだ。

正直、信じられなかった。社訓の最後は「頑張りましょう」で締めくくられている。うつから復職した日の朝に「頑張る」なんて、絶対に言いたくない言葉だった。

あまりにいやだったので、そのままトイレに駆け込んだ。もちろん朝礼の挨拶もすっぽかした。「開けて」と同じ部署の上司がトイレのドアを叩く。でも絶対に開けたくなかった。その後、2時間トイレに立てこもった。

頑固でバカみたいな思い出だと思う。でもあのとき、ちゃんと自分の気持ちを貫いたという経験が、くじけそうになったとき、今の自分を支えている。

復職当日
嫌いな上司
社訓
朝礼で社訓読んで
……
絶対にいやだ…！
自分が言いたくない言葉は絶対に口にしたくないと思った
開けて
絶対にいや!!
開けて!!
朝礼をすっぽかしてトイレに2時間こもった
頑固で幼稚な行動だったけど
よく
頑張った…
あのとき譲らなかった経験が今では自分の誇りになっている

仕事を辞めた

新しい章の幕開け!

大学卒業後、希望していた会社に入ったのに、うつになり、休職して、結局会社を逃げるように辞めてしまった。

退職日、その会社では、多くの人が花束をもらい、見送られるようにして会社を去って行くのに、自分は誰とも話さずに荷物を片づけ、消えるように会社を出てしまった。荷物をいっぱいに詰め込んだ紙袋がやけにずっしりと重かった。

でもそのとき感じたのは、決して悲しみだけではなかった。

向いていないとわかっていたのに、辞める勇気がなくて、執着していた会社から、ようやくすっぱり離れることができた。

結局、自分に対する信頼は、いかに自分なりの決断ができたか、その積み重ねでできていると思う。辞めることができたという安堵《あんど》の気持ちと、未来に対する期待で、胸は高鳴っていた。

次の仕事は何も決まっていなかった。でも作家になりたいという夢だけはあった。新しい人生がはじまった。

誰と話すこともなく
会社を辞めた日
自分が世界でいちばん
哀れな存在に思えた
でも
自由を手に入れた
新しい人生の幕が開いた

Column

うつのときに経験したのは優しさを素直に受け取ることの難しさ

入社1年目のとき、苦手な上司と自分の気にしすぎる性格から、うつと適応障害を発症し、休職することになってしまった。

その後3カ月間の休みをもらい、復職したのだが、復職当日の朝はめちゃくちゃ憂うつだった。

当時、仕事に対してやる気あふれる新入社員を演じていたのに、実際はものすごく打たれ弱く、上司に仕事をぶん投げる形で休職期間に入ってしまった。だから復職当日は、ものすごく恥ずかしくて、罪悪感でいっぱいだった。完全に自意識過剰の被害妄想なのだが、「自分はメンタルが弱い人間です」と見せものにされるような気分だった。今すぐ家に帰りたいと思いながら、3カ月ぶりにオフィスのドアを開けた。

「おはようございます……」。消え入りそうな声で挨拶をし、静かに自分の席に座った。「おはようー」「大丈夫?」。優しい先輩社員がさりげなく声をかけてくれた。ありがたい。でも、このまま何もなかったように今日一日を過ごしたい……。そんなとき、「来られたんだね! よかったらこの本、あげるよ! 明るい気持ちになれるから!」。

隣の部署の元気な先輩社員が呼びかけてくれて、一冊の本を手渡してくれた。それは、笑えるエッセイ系のゆるい本で、その先輩が編集担当をしたらしく、確かに表紙からも明るい雰囲気が伝わってくる。

「あ、ありがとうございます……!」

明るくお礼を言いながら、ぼたぼたっと涙がこぼれ落ちた。

先輩は完全に困惑していたが、無理もない。だって自分でもなんで泣いているのかわからなかったから。理性と感情と表情筋のすべてが分離しているようだった。声は明るいのに、お面のような無機質な目からは涙が流れていた。

それからしばらく涙が出ていた。でも泣いている姿を人に見られたくないから、パソコンに隠れるように身を潜めて泣いた。

なんて優しくて、なんてありがたくて、なんて惨めで、なんて恥ずかしいんだろう。

先輩は明らかな「優しさ」を自分にくれた。でも、当時の自分はそれを素直に受け取ることができなかった。自分の弱さを隠したかったのに、バレているという恥ずかしさと、先輩の優しさの中に自分に対するわずかな「哀れみ」を感じてしまったからかもしれない。

今はそれを含めて、手を差し伸べてくれた行為そのものに対し、「優しさをありがとう」と思えるようになったが、優しさを受け取る側の「傷つき」のようなものを初めて知った瞬間だった。

ネチネチ
なんか言ってるけど
いつかこの企画は
実現させよう…
企画書
了解でーす

第２章

人間関係に疲れたら

悪口を言われていた、一人ぼっち、
あの人のことが許せないなど
周囲とうまくいかないときの対処法。
自分って天才！と思うくらい発想の転換を。

大学時代、孤独だった。

せっかく希望の大学に入学したのに、新しい環境にまったくなじめず、大学の入学式もクラス会も出席しなかった。その結果、友達をつくるタイミングを完全に失い、キャンパス内ではいつも一人でいることが多かった。

まわりの同級生はクラス内で友達をつくり、さらにサークルやゼミにも仲間がいるというのに、自分だけ友達がいなくてさびしいヤツだった。でもまわりからそういう目で見られるのがいやで、授業の空き時間は、誰も使っていない空き教室を見つけては、一人で授業のレポートを書いていた。ほかにやることもなかったから。

でもそれもあってか、レポートはいつでも締め切り前に提出できたし、試験の直前、集中して勉強したいときに、自分は空き教室の場所をふだんから把握していたので、そこで人目を気にせず試験勉強の追い込みができた。

一人でいることはさびしかったけど、結果的に勉強ははかどることが多かったなと今では思う。

E20X
一人になれる場所が欲しくて
あ、ここ空いてる…
ずっと空き教室を探していた
結果、空き教室に詳しくなった
水曜日の4限の時間はE20Xの教室では授業がないはず… !!
今の時間はあそこの教室が空いてるはず…そこで一人で本読もーっと

悪口を言われてつらい……

存在感放っちゃってごめんね〜

自分は校則が厳しい私立高校に通っていたのだが、コンプレックスだった肌荒れを隠したくて、化粧をガッツリしていた。

当然、毎日のように職員室に呼び出されて、担任からは指導を受けた。呼び出されることもつらかったのだが、それ以上にきつかったのは、クラスメイトが自分の悪口を言っているのを偶然聞いてしまったときだった。

「なおちゃん化粧やめればいいのに〜。自分だけ化粧してほんと最悪〜」

トイレの個室の中で自分が息を潜めて聞いているとも知らずに、クラスメイトは個室の外で自分の悪口を言い、笑っていた。

悔しかった。でも、化粧は当時の自分にとってアイデンティティーのひとつだったからやめられない。だから、グッとこらえてこう思うことにした。

「そんなに自分のことが気になって仕方がないんだね。存在感放っちゃってごめんね〜」。そう自分に言い聞かせて、翌日も変わらずに化粧をして登校した。

今日も
悪口言われちゃうくらい
存在感放っていこう〜っと
イタさこそが
正義ッ…!!
むしろ前より
強くなれた気がする
ジャーーン!!

イヤミに
気づいちゃった……

気づいちゃう
自分の繊細さがおもしろい

新入社員の頃、取引先のさまざまな会社に挨拶まわりをすることがあった。中でも、あるデザイン事務所に上司と一緒に挨拶に行ったときのことは、今でも鮮明に覚えている。

当時の自分はまだ23歳、大学時代を過ごした北海道から就職のために上京してきたばかり。そのことを告げると、「若いね～」「フレッシュだね～」「肌が白いもんね～」と、気を遣ってか、みんなが自分のことを褒めてくれた。でも、その中の一人の言葉が引っかかった。

「ほんと～、じゃがいもが似合う～」

……じゃがいもが似合う？　それって、芋っぽいってこと？

別に褒めてほしいなんて、まったく思っていなかったけれど、褒め言葉の中にさりげなく織り込まれた自分への悪意に気づいてしまって、ちょっと傷ついた。

でも、そのことを同伴した上司に後で告げたら大爆笑された。上司はまったく気づかなかったらしい。ちょっとしたイヤミにも気づけちゃう自分の繊細さは、ぜひ笑いに変えていきたい。

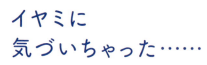

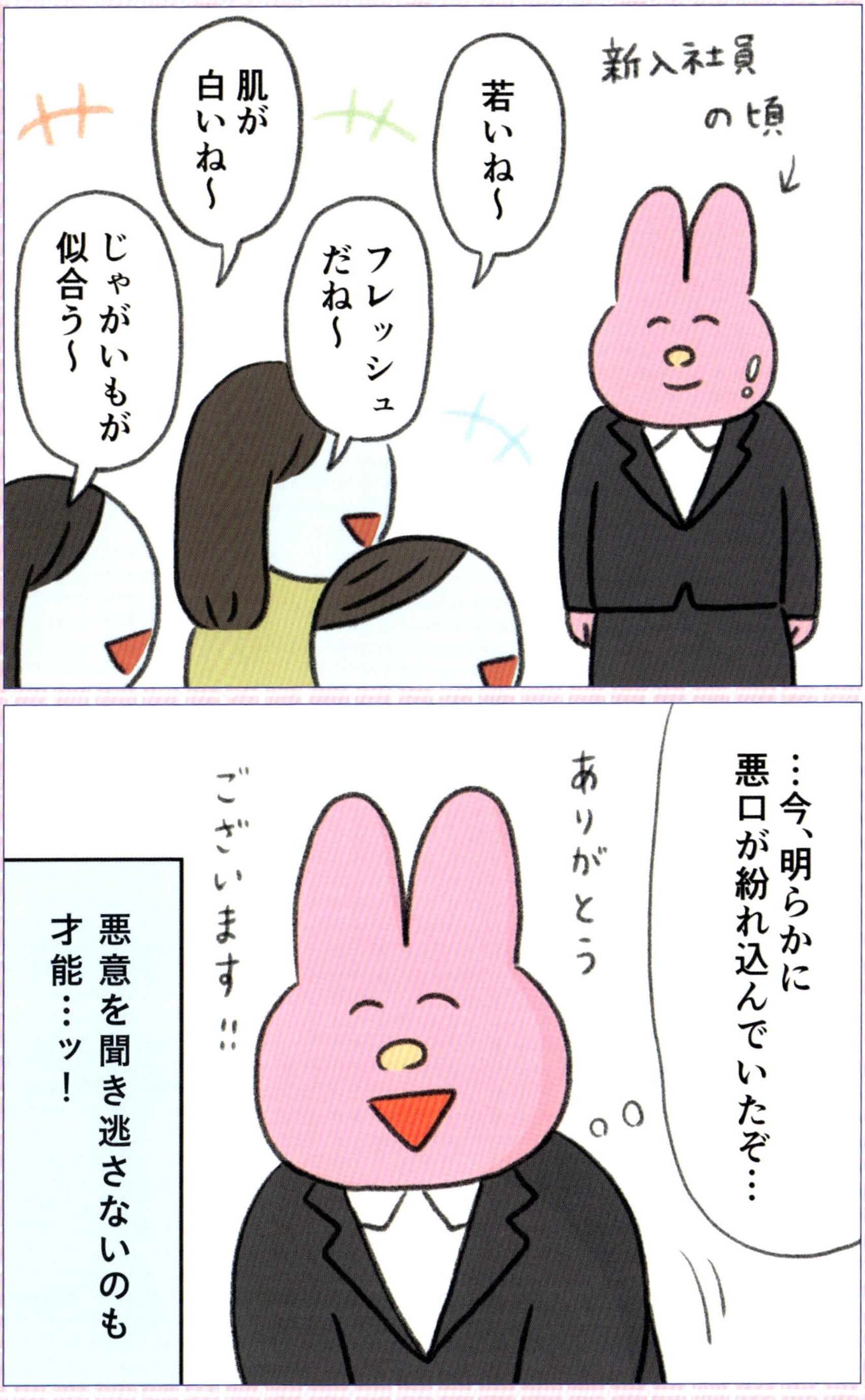
新入社員の頃
若いね〜
肌が白いね〜
フレッシュだね〜
じゃがいもが似合う〜
…今、明らかに悪口が紛れ込んでいたぞ…
ありがとうございます!!
悪意を聞き逃さないのも才能…ッ!

自分は新卒で入った出版社で、うつと適応障害になってしまい、その後は逃げるように会社を辞めてしまったという過去がある。

その具体的な話は、過去作の『うつ逃げ』（KADOKAWA）で詳細に描いているので、ここでは省略するが、そのときは本当に「自分は会社から逃げてしまった……」「なんてダメな人間なんだ……」と自責思考に苦しんだ。

でも、同時に思った。「逃げるって一体なんだろう？」と。

自分の場合、明らかに合わない職場環境から自分の意志で抜け出したのだから、逃げるというよりもはや「脱出」と言ってしまったほうがいいのではないか。

「逃げてしまった」と思い、自責思考で苦しんでいる人って意外と多いのではないだろうか。でも、同じ行動でもちょっと見方を変えるだけで、プラスの意味合いに変化する。

逃げるというより、戦略的撤退。むしろ脱出できたんだと自分の過去の行動を褒めてあげたい。

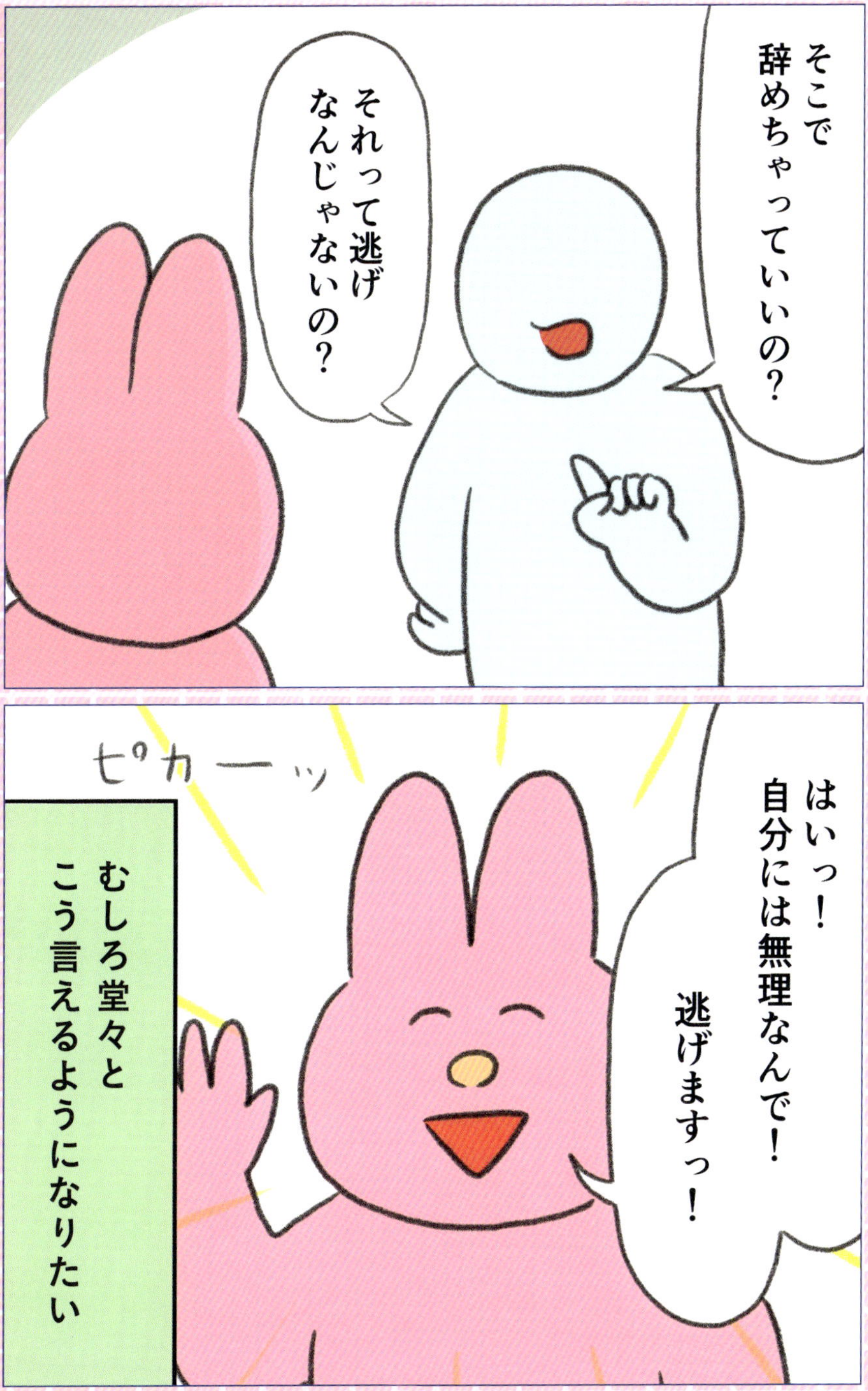
そこで
辞めちゃっていいの？
それって逃げ
なんじゃないの？
ピカーッ
はいっ！
自分には無理なんで！
逃げますっ！
むしろ堂々と
こう言えるようになりたい

ミスって落ち込む……

またひとつネタをGET〜!

ミスってばかりの日々である。

つい先日も、仕事で2000枚ほどシールを発注したものの、サイズが間違っていたことに後で気づいた。修正をして、なんとか期日までに間に合ったが、当初のシールはすべて無駄になり、痛い出費になった。本当にバカみたい。

ミスをするたび、当然落ち込む。でも、最近はこう考えるようになった。

「失敗しちゃったけれど、またひとつネタをGET〜!」

自分は特に、失敗や己の惨めさをイラストにして世間に発表するという変態みたいなことを日々やっているので、なおさらそう思う。

自分のような仕事をしていなくても、日常でちょっと失敗するようなことがあったときは、深刻にとらえすぎず、居酒屋さんで笑い話になるネタをGETできたな〜くらいに思ったほうが落ち込まなくて済むと思う。

日々はネタの収集作業。マイナスの経験こそ人から見るとおもしろいので、ネタに昇華していこう。

たとえ
失敗したとしても…
うわぁ〜
最悪だ…
サイズを間違えた
2000枚のシール
それをネタに
人を楽しませたら
勝ち…！
アハハー
この前マジで
こんなことが
あってさぁ…
ウケるー

相手が遅刻して
イライラ……

空き時間ができて
ラッキー

いつも遅刻をする友人がいる。

彼女と待ち合わせをすると、それがどんな場所であろうと、決まって30分から1時間は待たされるのである。

遅刻されるたびに自分の時間が奪われているようで、当初はよくイライラしていた。

でも最近は考えを切り替えることにした。「この空いている時間で何しようかなー」「むしろ空き時間ができてラッキー」。そう思うようにしたら、モヤモヤが少し晴れたのだ。

日々、仕事や家事でバタバタしていると、意外と時間の余白がないとできないことって結構ある。たとえば、億劫《おっくう》でなかなか返せなかったメールの返信をしたり、読みかけの本の続きを読んだり、想定外に生まれた時間だからこそできることって、じつはたくさんある。

どうせ待つことには変わりないのだから、相手にイライラしてその時間を過ごすのではなく、自分にとって有意義な時間に変えて、気持ちよくハッピーに過ごしたい。

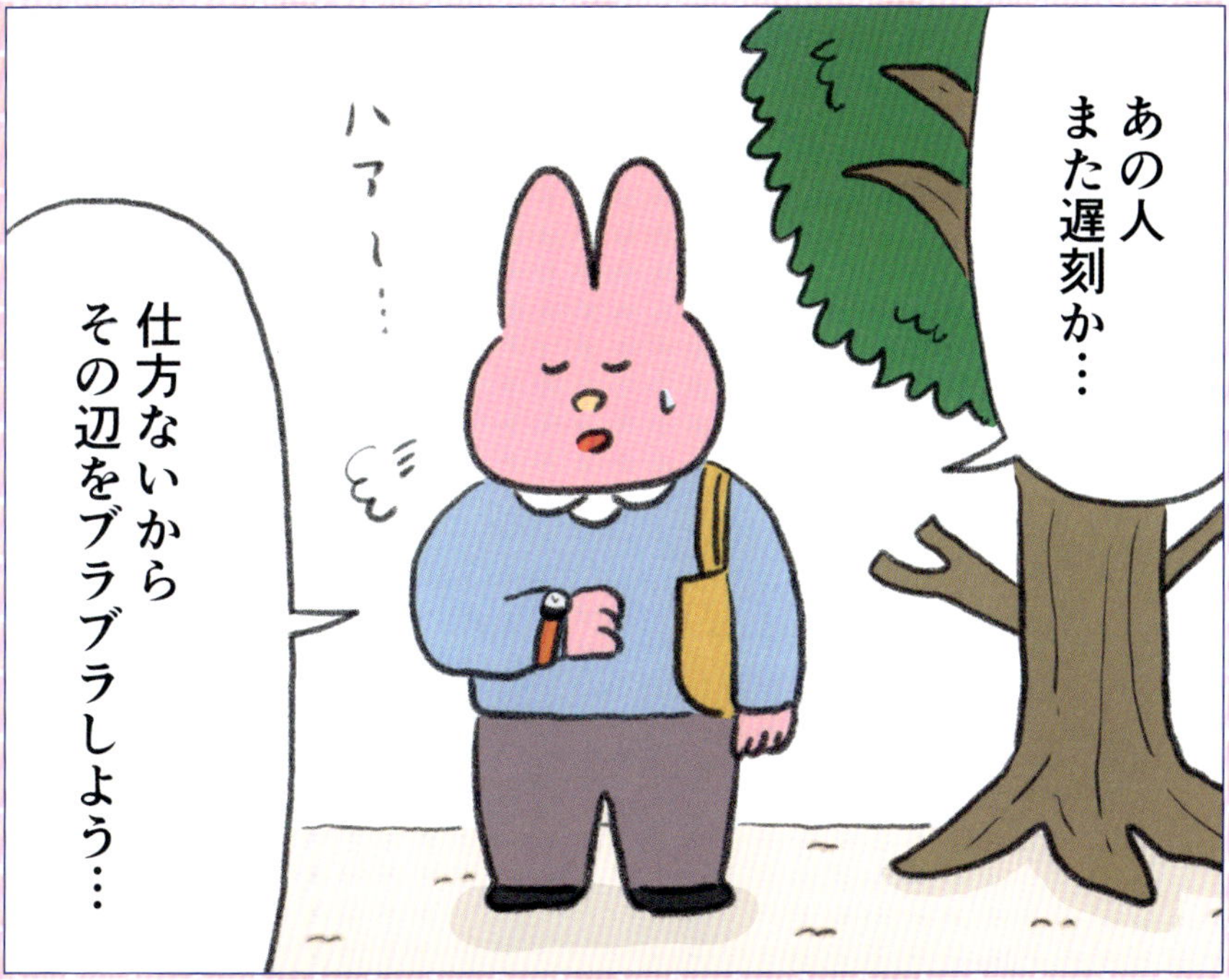
あの人
また遅刻か…
ハァ〜…
仕方ないから
その辺をブラブラしよう…

あっ
かわいいカフェ
発見…!
今度行ってみよう〜
COFFEE
待っている間には
新しい発見もある

あの人に
嫌われちゃった……（泣）

私を嫌うなんて
カルシウム足りてる？

いつも笑顔が絶えない中学時代からの友人（元ギャル）がいる。

湿っぽい性格の自分からすると、彼女はいつも明るくて眩《まぶ》しく見えるが、そんな彼女もちょっとだけ落ち込むことがあった。

それは、当時彼女が所属していた大学のサークルで、仲良しだと思っていた先輩が、彼女のことを裏では悪く言っていることを人から聞いてしまったときだった。

久しぶりに会った彼女はめずらしく落ち込んでいて、自分もなんて声をかけたらいいのかわからず黙っていた。すると、彼女は怒り気味でこう言い出した。

「……でもさぁ、あたしみたいなヤツを嫌うほうがおかしくない？　悪口言うなんてよっぽどイライラしてんのかな？　それって絶対カルシウム足りてないよね？」

……なんて自信！　思わず笑ってしまった。

そうだよね、自分を嫌ってくる人のことで、いちいち悩んだりしたくない。カルシウム不足ということで同情でもしておこう。

私を嫌うなんて
よっぽどカルシウム
足りてないんだね～
むしろ
心配だね～
たしかに～!!
落ち込むくらいなら
こう思いたい…!

この人ケチだなぁ〜

ものを大切にしてすごい

自分の母は、ものすごくケチである。基本的に安ければ安いほどいいという思考の持ち主で、衣類もリサイクル品を着ている。

口ぐせは「もったいない」。ものもなかなか捨てられない。

古くなってファスナーが閉まらなくなったバッグも、「まだ使えるかもしれない」と言って捨てないでいる。ものがどんどん増えていくし、家の中も狭くなる。いっそのこと潔く捨ててしまえばいいのに、と昔から思っていた。

でもつい最近、実家の食器棚から、子どもの頃、大切に使っていたちびまる子ちゃんのグラスを見つけた。まだ自分が4、5歳くらいのとき、お気に入りで毎日のように使っていた30年ほど前のグラスである。それがひび割れもせず、きれいな状態で食器棚の奥に保管されていて、当時の懐かしい記憶がありありと浮かんだ。

確かに母はケチかもしれない。でも、こんなにも、ものに対して愛情深い、ものを大切にできる人なんだな、と胸がちょっと熱くなった。

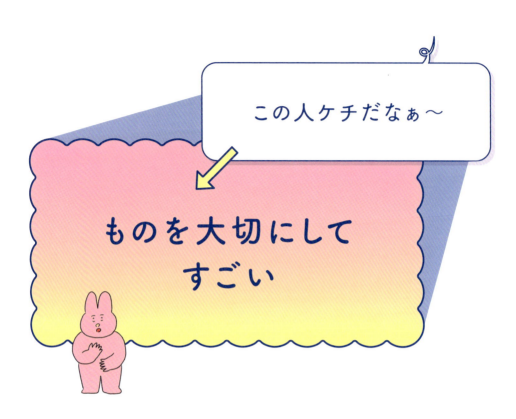

あっ
懐かしいグラス…
きれいな状態の
ままだ…
きっとお母さんが
大切に保管して
いたんだろうな…
子どもの頃
お気に入りで
いつも使っていた…
まるちゃん
大好き〜
ものを大切にするって
過去を大切にすること
なのかも…
懐かしい
思い出…
お母さん
ありがとう…

まわりから浮いてしまう……

自分は孤高の戦士……！

会社員時代は、一日のほとんどをオフィスで過ごしていた。

ともに同じ時間を過ごすのだから、本来なら同じ部署の人たちと仲良く打ち解けられたらよかったのだが、自分は職場にまったくなじめなかった。本当は誰かと話したいのに、誰とも話せないまま一日を終えることが多かった。

毎日のお昼も当然一人。ランチタイムは必ず会社付近のカフェか公園に行き、一人でお昼を食べていた。いわゆるボッチ飯である。

ところがある日、いつものようにボッチ飯を済ませ、会社に戻る途中で、なんと同じ部署の人たちと遭遇した。おそらく、自分以外のみんなでランチを食べに行ったのだろう。ワイワイと楽しそうにやってきた、自分以外のみんなで（強調）。

「あ、お疲れ様ですー」と苦笑いしながら、ちょっと気まずかった。でも、恥ずかしさを悟られないように前を向いた。だって自分は一人でいることを自ら選んだ、孤高の戦士なんだから！　そう思うと心が少しだけ強くなれた。

公園ボッチ飯からの帰り道
おなかいっぱい〜
わっ同じ部署の人たちだ
会社がある方向
自分を除くみんなでランチを食べてたんだ…
気まずく
相手も気まずそう…
自分だけが誘われなかった…
しかし自分は孤高の戦士だから大丈夫…！
よ…余裕〜!!
お、お疲れ様でーす！

誰からも遊びに誘われない……

今日も心の平穏が保たれた

スマホの画面を開けば、何やらおいしいものを食べて楽しそうに遊んでいる誰かの写真が、SNSでひっきりなしに流れてくる。見るたびに正直、いいなぁと思う。

でも以前の自分だったら、そういう投稿を見るたびに「幸せそうでうらやましい！」とスマホの画面をキィーッと睨《にら》みつけていたけれど、ここ1年くらいで気持ちもだいぶ変わったように思う。

というのも、自分の中で幸せを感じる瞬間が変わってきたから。

以前は、外から得られるキラキラとした刺激こそが「楽しさ」であり、それが不足している状態を「楽しくない」「不幸せ」ととらえていた。

でも今では「特に悪いことが起きなかった」「今日も平穏に過ごせた」と、ストレスなく無事に一日を過ごせたことに、大きな喜びと安堵を感じるようになった。そして、それが自分の幸せにもなっている。

今日も誰からも遊びに誘われず、今日も特別何も起こらなかった。でもそんな平穏な一日にこそ、幸せを感じる。

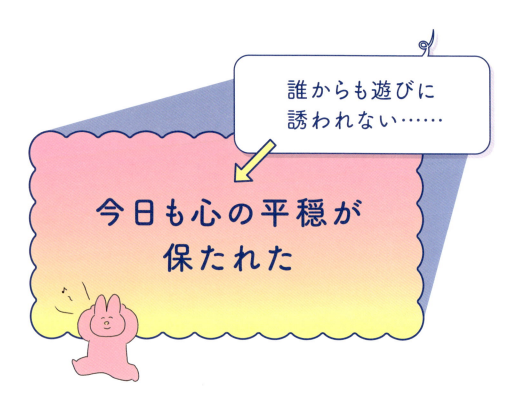

昔は自分の外側から得られる
刺激に対し、「幸せ」を感じていた
アハハー
飲み会なんて
年に数回しか誘われないけど
刺激的で楽しいなぁ…

今は自分の内側から湧き起こる
安心感に「幸せ」を感じるように
なった
今日も人と話さなかったけど
穏やかな一日を過ごせて
幸せだなぁ…
ぐぅ…

この人、ひねくれてんな〜

思いもよらない考え方を持っている……！

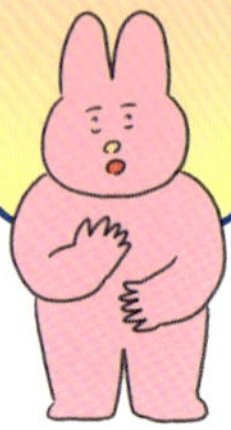

みなさんのまわりにも、一人くらいはひねくれている人っているのではないだろうか。物事を変に斜めからとらえるくせがあり、ときおり、まわりの人をイラつかせる人物である。

自分の知り合いにもいた。大学の哲学科にいた先輩で、やたら議論好きな偏屈な人で、会話をしていても「今『いいですね』って言ったけど、そのいいって何？　その言葉の定義は？」といちいちつっかかってくる、正直面倒臭い人だった。

でも自分が気にしすぎる性格で人間関係に悩んでいたとき、その先輩は「それは自分の認識の仕方の問題であって、そもそも他人なんて存在しない」という話を力説していた。

正直、話はよくわからなかったけど（笑）、自分のことを気にしている存在なんていないという見方もできるなら、そこまで思い悩まなくてもいいかな、と思えた。常識や世間にとらわれて心ががんじがらめになっているとき、思いもよらない発想を与えてくれるのは、案外物事を斜めから見ていて、ひねくれている人だったりする。

ひねくれている人は
正直面倒臭い面があるけど
会話ストップ！
ちょっと待って！
「いい」の定義を
ちゃんと説明して！
めんどくせー

思いもよらないアドバイスを
くれることがある
ドンマイ!!
他人なんて
フィクションだから
気にしすぎなくて大丈夫！
ありがとう!!

自分って心が狭いのかな……

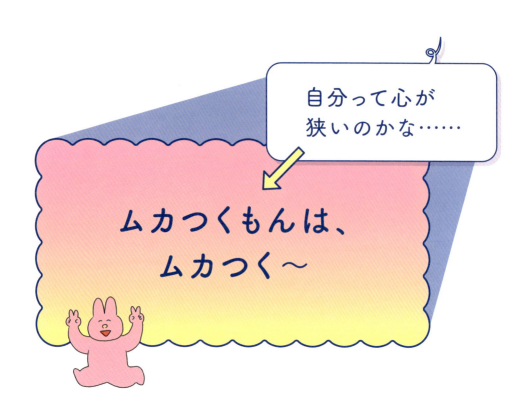

ムカつくもんは、ムカつく〜

あるとき、新規でイラストの仕事の依頼があった。ちょうど時間的に余裕があったので受けることにしたのだが、その担当の方の仕事ぶりが、驚くほどに雑だった。

自分を紹介する文章には誤字脱字や、誤解を生む表現がたくさんあって、まるで自分がバカにされているように感じて、ものすごくショックだった。

正直、怒りの気持ちが湧いた。どうしてこんな仕事のやり方をするのだろう……と。でも、こんなことで怒るのは自分の心が狭いのかもしれない。担当の方も忙しかったのかも。

相手の事情をいろいろ想像してみては、怒りを鎮めようとした。でも余計にモヤモヤするばかり。……いや、やっぱり、正直、ムカつく。

怒るなんて心が狭いし、優しい人ほど怒りの気持ちにふたをすると思う。でも、別に相手に危害を加えない限り、心なんか狭くたっていいじゃないか。

自分の気持ちを偽る必要なんてない。「ムカつくもんは、ムカつく」。そう正直に言葉にしたら、心のモヤが少しだけ晴れた。

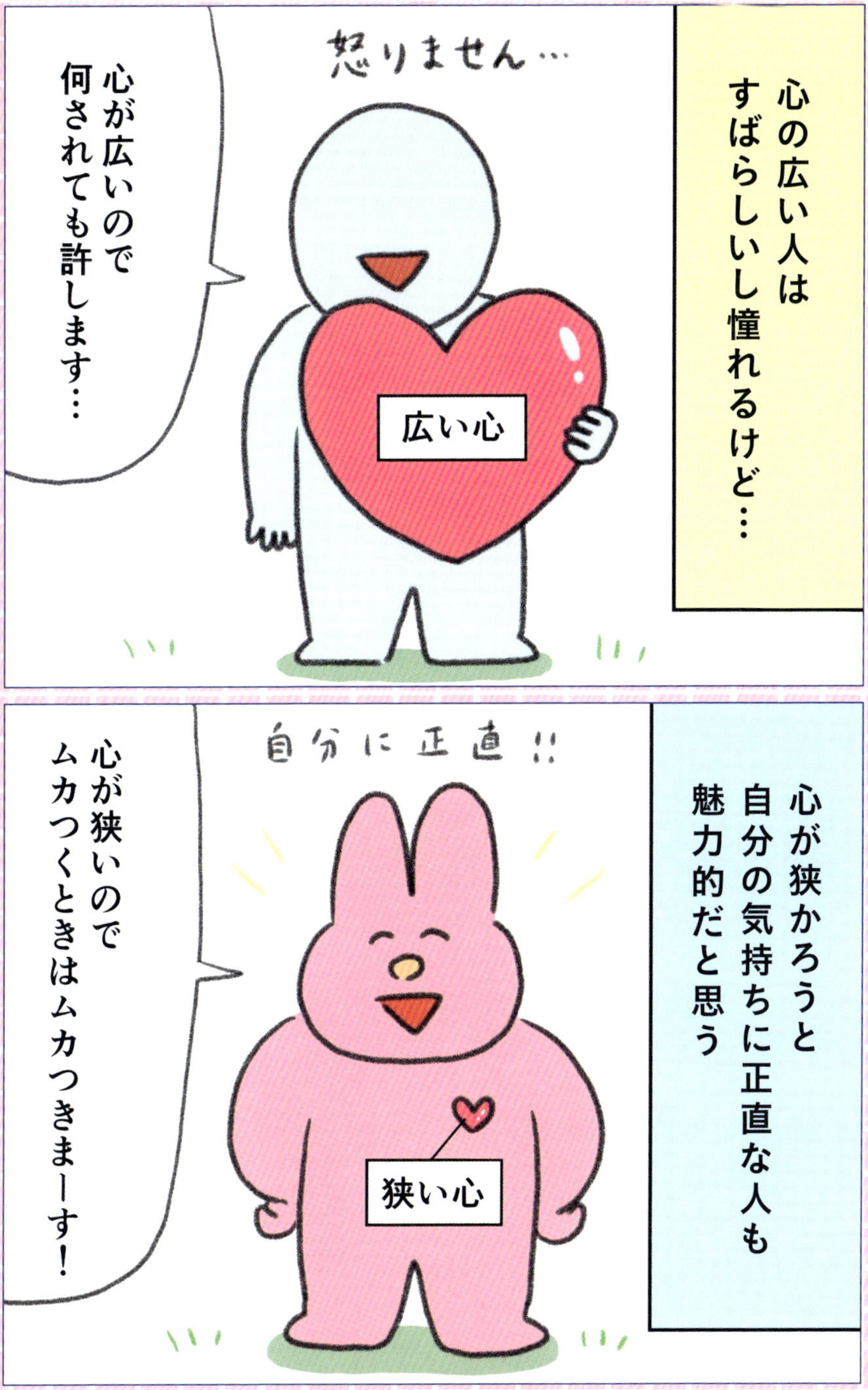
心の広い人は
すばらしいし憧れるけど…
怒りません…
広い心
心が広いので
何されても許します…
心が狭かろうと
自分の気持ちに正直な人も
魅力的だと思う
自分に正直!!
狭い心
心が狭いので
ムカつくときはムカつきまーす!

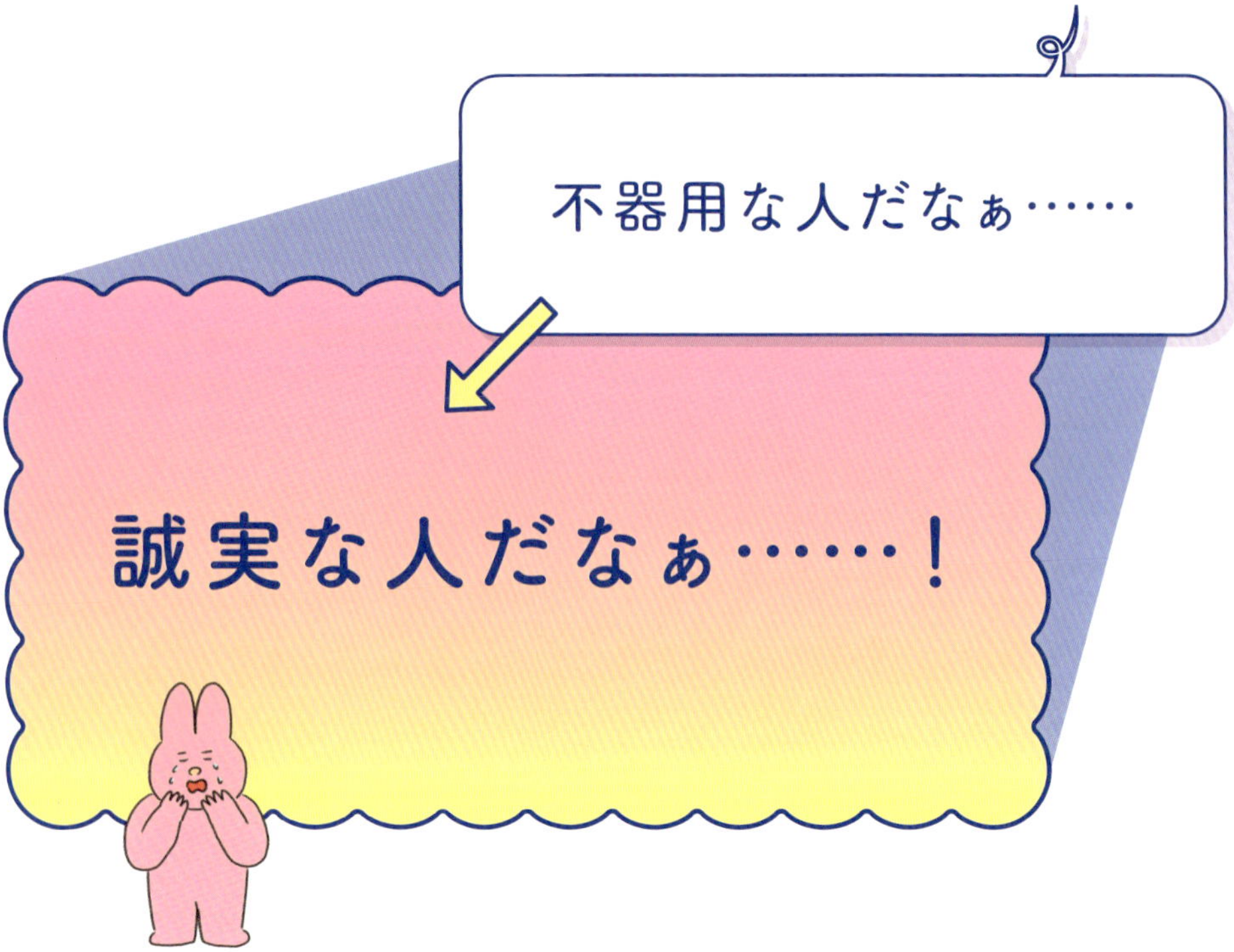

自分の大学の同級生で、ものすごく真面目で優秀なS君という人がいた。授業も一度も休まず、成績もほとんどがA判定という優秀なS君であったが、就活はほぼ全滅だった。

話を詳しく聞いてみたら、面接で嘘がまったくつけないという。悲しいことに就活は多少の口のうまさが必要である。でも控えめな彼は、自己PRも謙遜《けんそん》してうまく話せない。「誠実な人ほど落とされる就活ってなんなんだろう」。落ち込むS君を見ながら、この世には神も仏もいないような気分になった。そして彼は秋頃、大学の推薦枠でようやく内定を得た。

でも、やはりすごいのはS君である。内定を得たのは希望の職種ではなかったものの、元々真面目で優秀な彼なので、会社ではみるみる実力を発揮していった。その実績を元に、その後の転職も成功して、今では業界最大手の職場で働いている。

誠実な人ほど不器用である。でも最後はそんな人がちゃんと評価されるようにできていると思うから、この世も案外捨てたもんじゃない。

もし就活に悩む
学生さんがいたら
こう言いたい
新卒採用は運ゲーだから
うまくいかなかったとしても
あなたが悪いわけじゃないから
大丈夫…
それに誠実な人は
ちゃんと逆転できるから…！
いつかちゃんと
報われるから…！
就活がうまく
いかず悩む
架空の就活生
どうか一度の就活で
思い詰めないでほしい…

あの人の言葉が許せない

やることさえ やってくれればいいや

ある年末に父のがんがわかり、新しい病院で抗がん剤治療がはじまった。幸い治療はうまくいっているが、どうもその病院の主治医と母の相性が悪い。

「新しい病院の主治医の先生が本当に苦手なの。この治療を受けても、いつか効かなくなるとか、ひどいことを平気で言うの。思わず、喧嘩《けんか》しそうになっちゃって……」

　電話口で母はいつも悔しそうに語る。確かに、医者が患者に絶望させることを言うなんて、信じられない。ただ、実家のある地方都市で抗がん剤治療ができる病院は限られている。悔しいけど、今は黙って医者の言うことを聞くしかない。

　でもある日、いつも弱々しい声で電話をかけてくる母の声色が違っていた。

「本当に悔しいけど、やることさえやってくれればいいやって思えるようになった！　医者の性格は変えられないし。スルースキルって大事ね」

　確かに。他人の性格は変えられないけど、こっちは治療さえしてもらえればいいのだ。そう割り切れるようになった母は、前より強くなっていた。

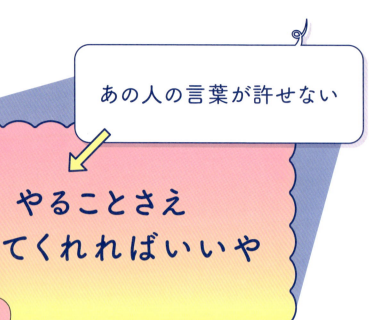

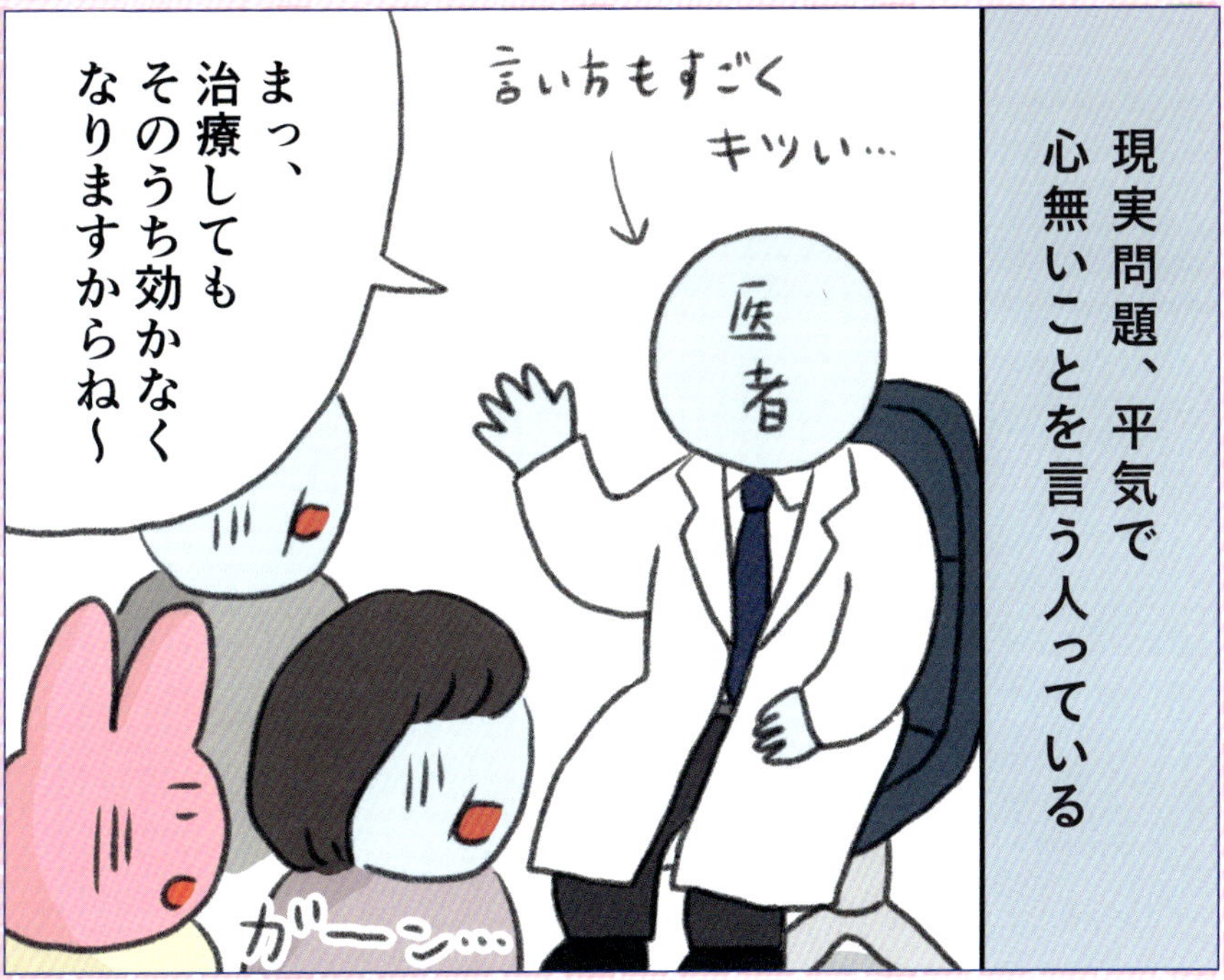
現実問題、平気で
心無いことを言う人っている
言い方もすごく
キツい…
まっ、
治療しても
そのうち効かなく
なりますからね〜
医者
ガーン…

でも他人は変えられないから
受け取る側の考え方を
変えたほうがいい場合もある
スルースキル獲得!
ムカつくけど
治療さえしてくれれば
いいと思って
気にしないことにする!
余計なストレス溜めたくないし!
ニャ〜ン
そうだよね!!

かわいい子って得だよね……

注目されなくて気楽だなぁ〜

予備校で仲良くなったKちゃんは、ぱっちりとした大きな目がまるでお人形みたいで、自分もこんなふうにかわいく生まれたかったなぁと密かに憧れていた。

憧れの目で見ていたのは、もちろん自分だけではない。特に男子である。彼女がノートを取れなくて困っているとき、決まって男子が真っ先に彼女にノートを貸していた。実際、彼女は何人もの男子から告白されていた。やっぱりかわいい子ってすごいな。まわりから注目されて、ちやほやされていいなぁ。

でも、Kちゃんはそう思うタイプではなかった。控えめな性格で、目立つことが好きではなかったのだ。勉強のために予備校に来ているのに、男子の視線が怖くて、いつも監視されているようでやりにくいと悩んでいた。

かわいい子って、ただでさえ目立つ。一挙手一投足を見られている。それがストレスになってしまうこともあるんだなと思った。

特別にかわいくもない自分は、それはそれで生きやすい面もあるのかも……。

かわいいKちゃんは
みんなから注目されて
すごいけど…
勉強中の格好
かわいい子は
人気者で
すごいなぁ〜
ちやほや〜
ちやほや〜
人から注目されないという
生きやすさは確かにある
in 自習室（飲食可）
ムシャ
ムシャ
誰も自分のことなんて
見てねーし
おにぎり食べながら
勉強しよーっと…！
ムシャ

人と比較して落ち込んじゃう……

向上心という才能がある

いい年して、まだこんなことを言っているのかと我ながら恥ずかしくなるが、自分は人と比較して落ち込んでしまうくせがある。

特にイラストを描く人たちが活躍している場面を見ると、素直にすごいなぁ、うらやましいなぁと思う。特にメンタルが落ちているときは、この呪いにどっぷりハマる。「この人はあの仕事のオファーがあったのに自分には来ない」「この人はこんなに売れているのに自分は大したことがない」「自分はやっぱり実力不足なんだな」と勝手に卑下して、すべてをぶん投げたくなってしまう。

本当は表現したいという自分の気持ちのほうが大事だし、そこに優劣なんてないはずなのに、他人の活躍をうらやんでしまう。頭ではわかっているけど、心は勝手に落ち込んでしまう。

でも、最近は落ち込む自分を素直に認めるようにしている。もっというと、落ち込んじゃうってことは、つまりそれだけ向上心があるってこと、それはそれですごい才能～！と自分を褒めるようにしてモチベを保っている。

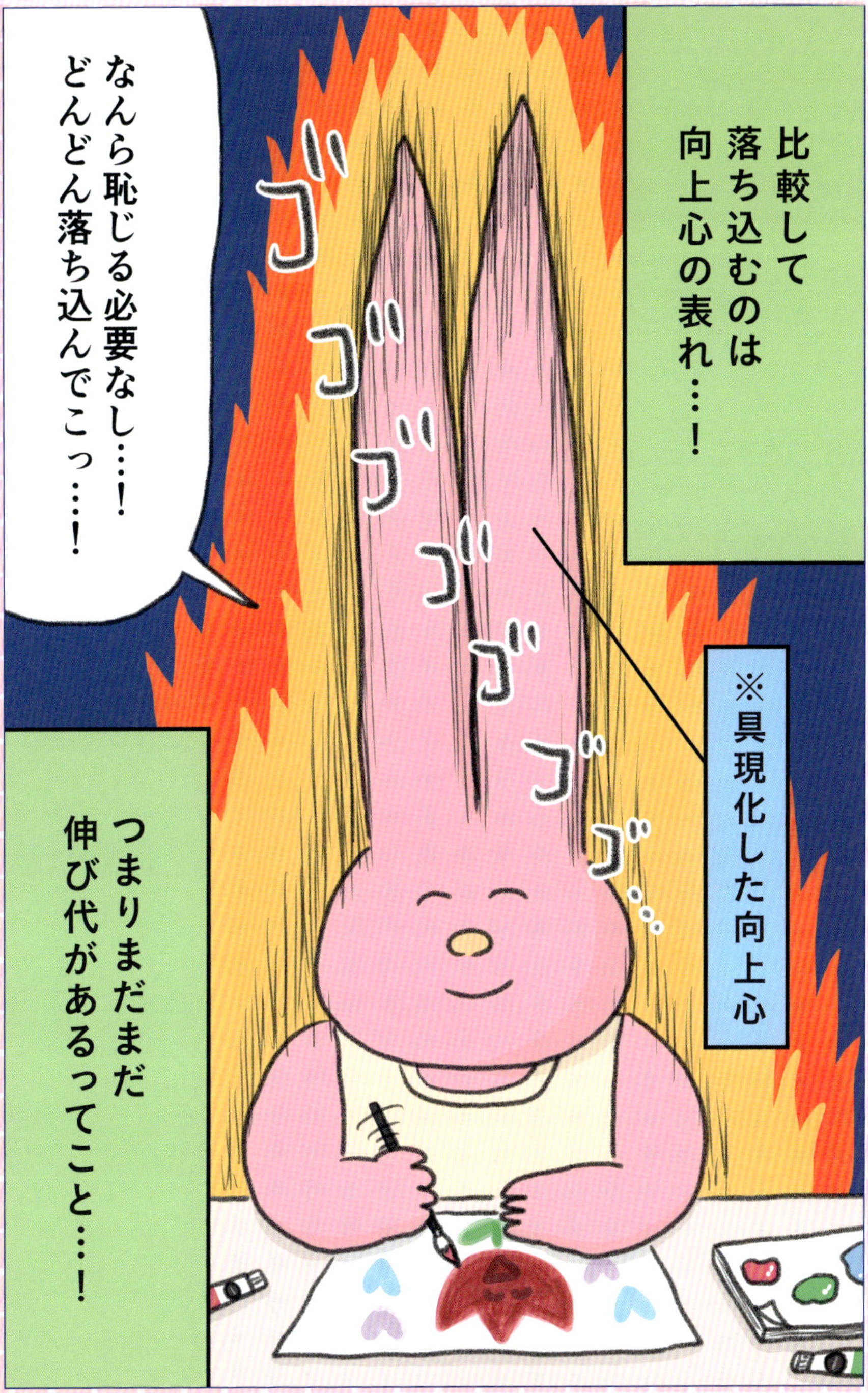
比較して落ち込むのは向上心の表れ…！
なんら恥じる必要なし…！どんどん落ち込んでこっ…！
ゴゴゴゴゴゴゴ…
※具現化した向上心
つまりまだまだ伸び代があるってこと…！

コミュ障すぎて
落ち込む……

人の心の動きを
読む天才

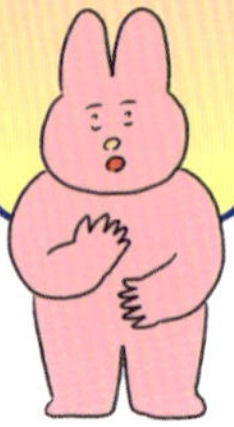

自分はコミュ障をこじらせ、ほとんど引きこもりになった大人である。

以前、同業者のバーベキューに誘ってもらう機会があり、気合いを入れて参加したものの、大人の会話にはまったく入れず、同業者のお子さんたちと一緒に塗り絵をして遊んでいた。もう二度と誘われることはないだろう。

こういった経験があるたびに落ち込んでしまう。

あるとき、どうして大人とうまくコミュニケーションが取れないのだろうと考えた。きっと相手の気持ちをいろいろ考えすぎてしまうからだと思う。今の自分の言葉で相手はどう思うだろう、変な空気にさせたらどうしようと、いちいち気にしすぎて疲れてしまう。だから、次第に人と距離を取るようになってしまった。

でも、気にして悩んでしまう人ほど、相手の心の動きに敏感なんだと以前教えてもらったことがある。人の気持ちに鈍感で人を傷つけてしまうより、敏感なほうがよっぽどいい。それもひとつの才能なんだと思うようにしたい。

つい人の気持ちをあれこれ考えすぎてしまい人と距離を取ってしまう
物理的距離
100m
心の距離
1億km
特に大人と話すと疲れてしまう…

でも人の気持ちを考えずに人を傷つけてしまうより
あんた使いものに
ならない
過去に実際に言われた言葉
ガーン
よっぽどマシかなぁと思う
この性格でいいや…

怒鳴られてショック……

心狭くて大変ですね～

つい先日、デパートの中を歩いていたら、おじさんとぶつかってしまった。

そこはデパートの化粧品売り場。陳列されたキラキラとした新作のコスメに見とれていたら、横から歩いてきたおじさんと肩がぶつかった。

「す、すいません」と慌ててすぐに謝ったのだが、「チッ！　よそ見なんかしてんじゃねえよ!!」と怒鳴られた。

外でこんなに怒鳴られたのは初めて。正直、怖かった。そして、申し訳ない気持ちになり、泣きそうになった。

でも、次の瞬間、こう思った。「待って！　そんなに怒鳴られるほど悪いことした？　肩がちょっとぶつかっただけじゃん。それを頭ごなしに怒鳴るって心狭すぎない？」

きっとあのおじさんは自分に余裕がなくて、ふだんからイライラしているのだろう。心が狭くてかわいそうな人だな～と素直に思った。むしろ、あのおじさんが広い心を持って人に優しくなれるよう、応援したいわ。

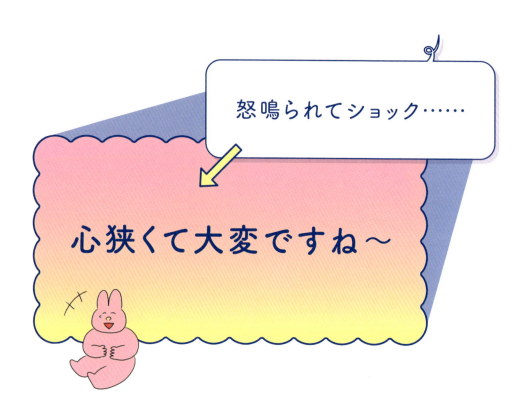

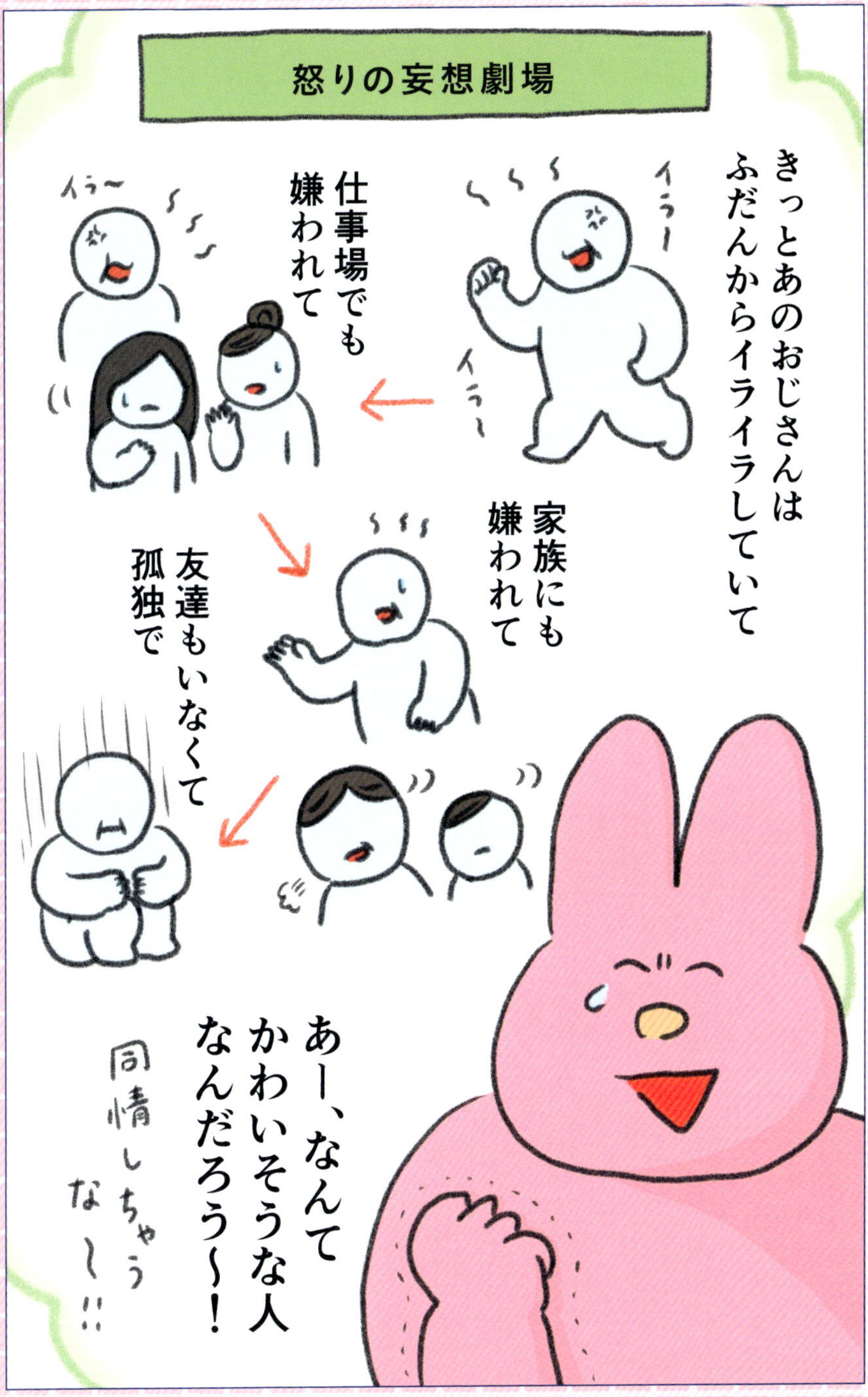
怒りの妄想劇場
きっとあのおじさんは
ふだんからイライラしていて
イラ～
イラ～
イラ～
仕事場でも
嫌われて
家族にも
嫌われて
友達もいなくて
孤独で
あー、なんて
かわいそうな人
なんだろう～！
同情しちゃうな～!!

自分の存在なんて空気……

誰も見てないし好きに生きよう～

自分はあるK－POPアイドルグループのファンだった。SNSで推し活用のアカウントもつくり、ファン同士で交流をしたりしていた。あるとき、そのファンの子たちでお茶会をすることになったので、自分も参加することにした。

お茶会当日、ドキドキしながら指定されたカフェに向かったら、10人くらいのキラキラした女の子たちが集まっていた。新参者の自分とは違い、ほとんどの子は既に顔見知りのようで、自分の知らない話題で盛り上がっていた。

正直、まったく会話に入れなかった。話を振られても「そうなんですね」としか言えず、時間が経つにつれて自分の存在がますます空気になっていくのを感じた。1時間が過ぎた頃、「正直、つまらないな。帰って寝たい」と思った。

もしその場を仕切る人気者だったら、あっさり帰ることなんて、きっとできないだろう。でも自分は空気だから、迷うことなく「じゃ」と言って、スッと帰ることができた。誰も何も思わないであろうことがむしろ清々《すがすが》しいくらいだった。帰宅してたくさん寝た。

存在感がないからこそ
自分だけ会話に入れない…
家に帰りたい…

好きなときにいなくなれる…！
あれ？人数減ってない？
気のせい？
1000
1000

恥ずかしいことを
言ってしまった……

言葉は使うためにある！

自分はのちに赤面してしまうほど、恥ずかしいことを言ってしまうところがある。

つい先日も、ファンである漫画家さんがX（エックス）に素敵な漫画を載せていたので、思わず「大好きです！　最高です!!　ギャーッ！！！」と熱いメッセージを長文で送ってしまった。キモすぎたのか返事はいまだにない。

なんであんな熱っ苦しいことを長文で送ってしまったのか、といつも後悔する。空気が読めない。ダサい。恥ずかしい。

でも自分は、「相手を褒め称えるポジティブな言葉」は積極的に使おうと思っている派である。特に相手が表現にまつわる仕事をしている人なら、その作品がいつ終わってしまうかもわからない。だったら素敵だと思った瞬間に伝えたい。

それに、言葉は使うためにある。もちろん受け取り手がどう思うかはわからないし、そもそも届かないこともあるけれど、少なくとも自分が受け取ったらうれしいと思えるような言葉は、できるだけ伝えていきたいなと思っている。

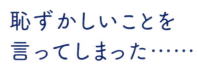

以前いつもSNSで見ていて
ファンだった漫画家さんが
突然アカウントを
削除してしまうことがあった
ガーン…
えっ…
好きだった気持ちも
毎日元気をもらっているという
感謝の気持ちも
全然伝えられていないのに…
それ以降、好きな作品を
発表している人には
その場で素直な気持ちを
正直に伝えるようにしている
大好きです!!
最高です!!
元気出た!
Thank you
言葉はタダだし
ポジティブな言葉は
相手にたくさん伝えよう〜
ピコ
ピコ…

友達を
傷つけてしまった……

人間の心の複雑さを学べた

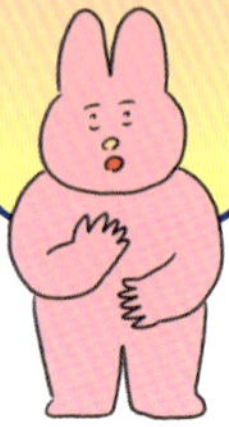

高校時代、日本史の授業を一緒に受けていた女の子がいた。RちゃんとMさん。自分たちはクラスの中でも文系コースを選んだ3人だった。

あるとき、日本史の授業がはじまる前にMさんがいなかったので、いつも放課後一緒に勉強をしていたRちゃんと先に授業の教室に向かうことにした。すると、遅れてやってきたMさんがポツリと悲しそうにこう言った。

「二人で先に行ったんだね。なおちゃんとRちゃんのほうが仲いいもんね」

そんなつもりはないのに。でも、結果的にそう思わせてしまった。もちろん理由は説明したが、Mさんを傷つけてしまったことには変わりない。

自分が思ってもいない場面で人を傷つけてしまうことってある。きっと今でも自分の知らないところで自分は誰かを傷つけている。そんなことを考えたら何もできなくなってしまうけど、大切なのは、「その可能性がある」ということを常に自覚しておくことではないか。Mさんとのエピソードから大切なことを学んだ。

なおちゃんとRちゃんのほうが仲いいもんね
そんなことない…
Mさんがそんなふうに思っているなんて想像だにしなかった
自分の行動のせいで
自分の発言のせいで
無自覚にも誰かを傷つけていることに対する恐怖を感じた
でもそれを恐れていたら何もできないから
ごめんね…
誰かを傷つけている可能性を忘れず今日もイラストを描いている

友達と口喧嘩をしてしまった……

言葉の受け取り方の違いを学んだ

悩んでいるときや不安になったとき、自分は「大丈夫だよ」という言葉をもらうと、安心した気持ちになれる。だから、人に対しても積極的に使うようにしていた。

あるとき、友人が新しい仕事のことで悩んでいたので「大丈夫だよ」と声をかけた。すると友人は一瞬困ったような顔をしてから急に、「大丈夫って何？　簡単に言わないでよ！」と怒りをあらわにした声で言ってきた。

自分は怒らせるつもりなんて毛頭ない。むしろ勇気づけたかったのだ。だから、「いくらなんでもその言い方はないんじゃない？」と、自分も怒り気味で反論した。そのあとはちょっと険悪なムードになってしまった。

でも確かに、大丈夫かどうかはその人にしかわからない。自分が言われたらうれしい言葉だとしても、相手にとっては無神経に聞こえるかもしれない。

安易に決めつけるような言い方をしてしまったことを反省し、言葉はもっと慎重に扱わなければいけないとあらためて学ばせてもらった。

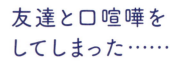

その後、友人に謝罪し
仲直りできた
ごめんね…
あと「大丈夫だよ」のほかに「なんとかなるよ」とか「○○ちゃんらしいね」って言葉も苦手なんだ…
ごめんね…
相手を決めつけるニュアンスの言葉って危険なんだな…
励ましの言葉のつもりでも相手にとっては不快なときもあるんだな…

友達がいない……

自分の趣味を追求できる！

子どもの頃から、友達が少ないことにコンプレックスがあった。

大人になってからは特に、友達ができない。人に誘われてごはんを食べに行くことなんか、年に3回もないと思う。同業者のSNSを見ていると、いつも仲間同士で楽しそうに飲んでいて、なんともうらやましいなぁと憧れる。

出かける用事もないから、今日も一人でイラストを描いている。人と話していないから声もガラガラになっている。座ってばかりで腰も痛い。それもこれも友達がいないからと思うと、我ながらちょっと悲しくなる。

でも毎日イラストを描いていたら、見てくれる人も増えた。

現実での友達は数人しかいないけれど、SNSではたくさんのフォロワーさんとつながれる。これも、毎日部屋に閉じこもって、イラストを描くという趣味に没頭してきたからだと思う。友達は少ないけど、そんな自分を少しは肯定してもいいような気がしてきた。

3連休だけど遊ぶ友達もいない…
ボリ…
ボリ…
ボリ…
ほかにやることもないからイラストを描こう…
せんべい
でも毎日イラストを描いていたら
たくさんの人とつながれた…
これだってある種の友達関係だよね…

彼氏と別れてしまった……

無限の出会いのはじまり！

彼氏と6年も交際し結婚すら考えていたのに、価値観のずれを感じはじめて、結局別々の道を歩む選択をしたという知人女性の話を聞いた。

なんせ6年間も付き合った彼氏だから、別れるのはなかなか難しかったようである。別れたあとも、お酒を飲みながらさびしさを紛らわせている彼女を見ていたら、なんだか自分まで悲しい気持ちになってしまった。

できるだけ元彼のことで悲しまないでほしいな、と勝手ながらに思った。

「もちろん今は悲しいと思うけど、悲しみから抜け出すタイミングはいつか必ず訪れるから、大丈夫だよ」と彼女に言った。

恋人探しは、ある意味、物件探しに似ていると思う。この世の中には自分に合ったたくさんのすばらしい住処《すみか》があるし、地球規模で考えたら、その可能性は無限大。いっそのこと、これから新しい環境で物件を探す新社会人のような気持ちで、新しい出会いにワクワクしながら毎日楽しく過ごしてほしいなと思った。

世界の総人口は
約80億人…！
選び放題だね!!
出会いの可能性は
無限大…！

嫉妬しちゃう
自分が醜い……

嫉妬しちゃう自分ってかわいい〜！

高校時代の友人から「婚約することになった」と久しぶりに連絡があったので、お祝いを兼ねて一緒にごはんを食べることにした。でも幸せの絶頂にいるはずなのに、どことなく彼女は悲しそうな表情をしている。「どうしたの？」と聞いてみたら、こんなことを言う。

「同じ職場の彼と結婚しようと思っているんだけど、じつは最近、職場に彼の元カノがいることを知っちゃったの。同じ職場だし、毎日元カノとも顔を合わせるし、なんなら二人が話しているところを見たらものすごく嫉妬してしまう。自分の心が狭くて、醜いように感じる……」と。

　彼女は泣きそうになりながら話していたが、そりゃいやだよね、と正直思う。彼女は嫉妬してしまう自分に醜さを感じていたけど、好きだったら嫉妬しちゃうのは当然だし、嫉妬してしまう彼女はむしろ素直でかわいいよ。

　だから、落ち込まないで、こう思ってほしい。嫉妬しちゃう自分は悪くない。むしろ、嫉妬しちゃう自分ってかわいい〜!!って。

嫉妬しちゃう自分って醜いな…
しょんぼり…
こう思うよりは…
嫉妬しちゃう自分っていじらしくてかわいいなぁ〜！
かわいいから自撮りしよ〜っと！
こう思っておこう…！

彼氏ができない……

今は友達との親交を深める時期

中学時代、部活が終わったあと、いつも一緒に帰る女の子が二人いた。

ただ家の方向が同じだから一緒に帰るという、小中学生あるあるの理由ではあったけど、厳しい部活の練習からの帰り道、部活の顧問や怖い先輩の愚痴を言い合いながら帰る時間は、特別なものがあった。自分たち3人は固い絆で結ばれていると思っていた。3人でお揃いのキーホルダーをバッグにつけたりしていた。

でも、中2の夏頃、その中の一人に彼氏ができた。最初は何も思わなかったけど、だんだんその子が自分たちと帰るよりも、部活終わりの彼氏と待ち合わせて彼氏と一緒に帰るようになり、正直、置いて行かれたような気分になった。そもそも3人の絆なんてなかったんだ……。

それからは、自分ともう一人の子の二人で帰るようになった。でも、一緒にいる時間が長くなり、家庭や進路の悩みも語り合える関係になれた。彼氏のいない二人であったが、特別な時間を過ごせたいい思い出である。

彼氏のいない
冴えない二人は
置いて行かれた…
でも部活終わりに
二人で進路のことを
語り合ったり
休日は一緒に
宿題をしたりする
仲になった
今でも時々会って
おしゃべりしてる
大切な友人の一人
ママになった

Column

嫉妬が気づかせてくれた自分の本当の気持ち

自分が通っていた高校はひたすら勉強ばかりさせられる進学校だった。

そんな中、一人だけマイペースなYちゃんという女の子がいた。

彼女は入学当初から医学部に行って医者になるという夢を熱く語っていて、実際、理系教科の成績がものすごくよかった。さすが医者を目指すだけあって頭がいいんだなぁと自分も尊敬し、放課後一緒に勉強することもあった。

でも高校2年の秋頃、Yちゃんはこう言いはじめた。

「やっぱり医学部に行くのはやめる。自分は美大に行く」

高2の秋、今から志望校を意識して対策をはじめる時期なのに、正直、勉強から逃げたいのかなと思った。自分も絵を描くのが好きだったし、Yちゃんとは絵の見せ合いっこもしていた。だから、ちょっとだけズルいと思ってしまった。

それからYちゃんは、だんだん勉強をしなくなり、放課後は美大の予備校に通いはじめた。彼氏もできたらしく、みんながテスト前に焦って参考書を開いている中、Yちゃんは楽しそうに携帯電話を開いてメールをしていた。勉強をしなくなった彼女は成績も落ちはじめ、3年に上がるときには成績順で振り分けられるクラスも別々になった。さびしかったけど、仕方がないと思った。

それから数年が経ち、自分がうつで二度目の休職に入ったとき、何もやることがなかったので、当時はじめたばかりのFacebookのおすすめ欄に並ぶ同級生の名前を眺めていた。すると、そこにYちゃんの名前があった。

「今、どうしているんだろう」と彼女の名前をクリックすると、驚いた。卒業後、Yちゃんは浪人期間を経て、美術大学に進学していた。さらに大学では美術の大きな賞をとり、海外留学まで果たしていた。

「Facebookにある Yちゃんの写真はどれも華やかで、自信に満ち溢れていた。その一方で自分は休職して日の当たらない部屋に引きこもっている。まさに天と地。

どうしてこうなってしまったんだろう。次第に喉の奥が熱くなり、手先は冷たく震えていた。そして、彼女のことがうらやましいと心の底から思った。

そうか、これはバチだ。自分は、バチが当たったんだ。自分が本当に好きなことやりたいことと向き合わず、他人や世間の声に服従し、空っぽのまま過ごしてきた自分に対する、自分の本心からの復讐《ふくしゅう》なんだなと思った。

でも、Yちゃんのことをうらやましいと素直に認められた自分が少し誇らしくもあった。本当はずっと嫉妬していたんだと気づいたから。好きなものがあることを信じて疑わず、好きに生きようとしていた彼女の姿と、その芯の強さに。

もういい加減、自分のやりたいことに向き合ってもいいじゃないか。今からだって遅くない。そう思って、コピー用紙に絵を描きはじめた。

一人でいるのが
好きだけど
人と話すことで
学ぶことも
たくさんあるなぁ…

第3章

メンタルが
とことん落ちてしまったら

なんてついていない日なんだろう、やらかしてしまった、
消えてしまいたいなど
生きていれば、メンタルがとことん落ち込んでしまうこともある。
どうしたら、気持ちがラクになる？

雨の日、落ち込んでしまう

水ぶっかけられるんだから落ち込むのは当たり前！

自分は昔から偏頭痛持ちなので、雨の日は特にしんどい。天気予報を見るよりも先に、こめかみがズキンと痛くなり、体もなんとなくダル重くなってしまう。

おまけに雨の日はメンタルまでやられてしまう。服も濡れるし、満員電車なんて蒸し暑くて、超最悪。傘という余計な手荷物も増えるし、本当に憂うつ極まりない。

何よりいやなのが、そんな憂うつさに負けてイライラしたり、落ち込んでしまったりする自分自身。まるで憂うつさの倍々ゲームのような雨の日。

でも、よくよく考えたら「雨」って信じられない現象ですよね。だっていきなり天から水が延々と降ってくるんだから。生まれたときから、誰にとっても「雨」は当たり前のものとして日常にあるけど、本来いきなり頭の上から水をぶっかけられたら、そりゃ生きものとして落ち込むのは当然じゃない？と思う。

雨の日、病むのは当たり前。落ち込む自分は悪くない！　そう言い聞かせている。

ザーーーッ
雨ってほんと憂うつ…
気持ちも落ち込んでしまう…
水ぶっかけられてるんだからそりゃしんどい！
落ち込む自分は悪くないっ！

やる気が出なくて
ダメダメ……

ゆるいくらいがちょうどいい〜

時々、自分からやる気がとことん消滅することがある。

すべてにおいてやる気がなくなる。掃除をするのも、洗濯をするのも、買いものに行くのも、すべてが面倒臭くて寝てしまう。そのたびに本当にダメダメだなぁと思う。

でも、そういう日を経ながら、結局、今生きている。なんとか生活もできている。だから別にダメな日があっても自分を責めすぎる必要もないし、最低限度のやるべきことさえやっていれば、別にやる気のない日があってもいいんじゃないか、と思うようになった。

それに、人生は長期戦。よく長距離マラソンにたとえることもあるけど、やる気全開の猛スピードで走り続けていたら、いつかきっと息切れしてしまい、逆にペースダウンして止まってしまうのも目に見えている。

どうせ走り続けるのだから、ゆるいくらいがちょうどいい。ゆっくりな日があってもいいじゃない。自分のペースで走り続けたい。

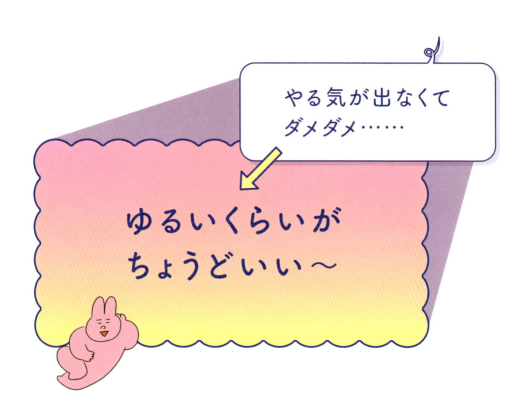

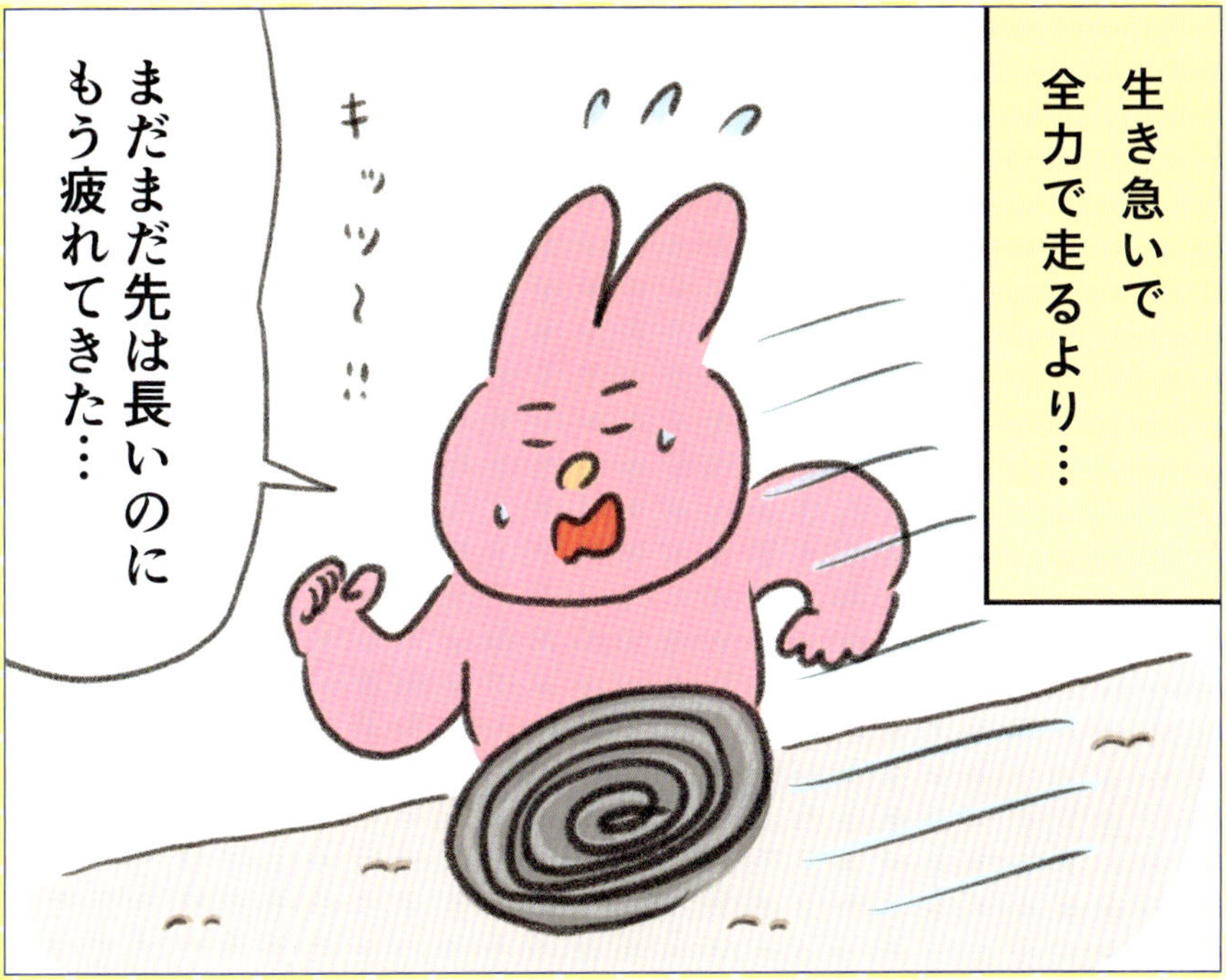
生き急いで全力で走るより…
キッツ〜!!
まだまだ先は長いのにもう疲れてきた…

ゆっくりでいいから長距離を走り続けたい
景色も楽しめる〜
ゆるいほうが息切れしないもんね〜

一日寝ちゃった……

エネルギーを充電できた！

せっかくの休日。買い出しや掃除など、本当はやらなくちゃいけないことがたくさんあったのに、布団の中でゴロゴロしてしまった。

そんなとき、まるで一日を無駄にしたように感じてしまい、ものすごく損をした気分になってしまう。特に昔の自分は自責思考が強く、そう思うことが多かった。

でも、最近はこう思うようになった。「むしろたくさん休めてラッキー！　エネルギーが充電できた自分は最高〜！」って。

そもそもたくさん寝てしまうのって、それだけ体が疲れている証拠。そういうときに無理して外出したり、家の中を片づけたりするよりも、体の声に素直に従い、思い切ってのんびりしてしまったほうがいい。そのほうが結局疲れも取れるし、体にエネルギーが充電できて、翌日からのパフォーマンスがむしろ上がったりする。

つい頑張りすぎてしまう人ほど、休む自分を否定せずに、せっかくなら休めた自分を存分に褒めてあげてほしいなと思う。

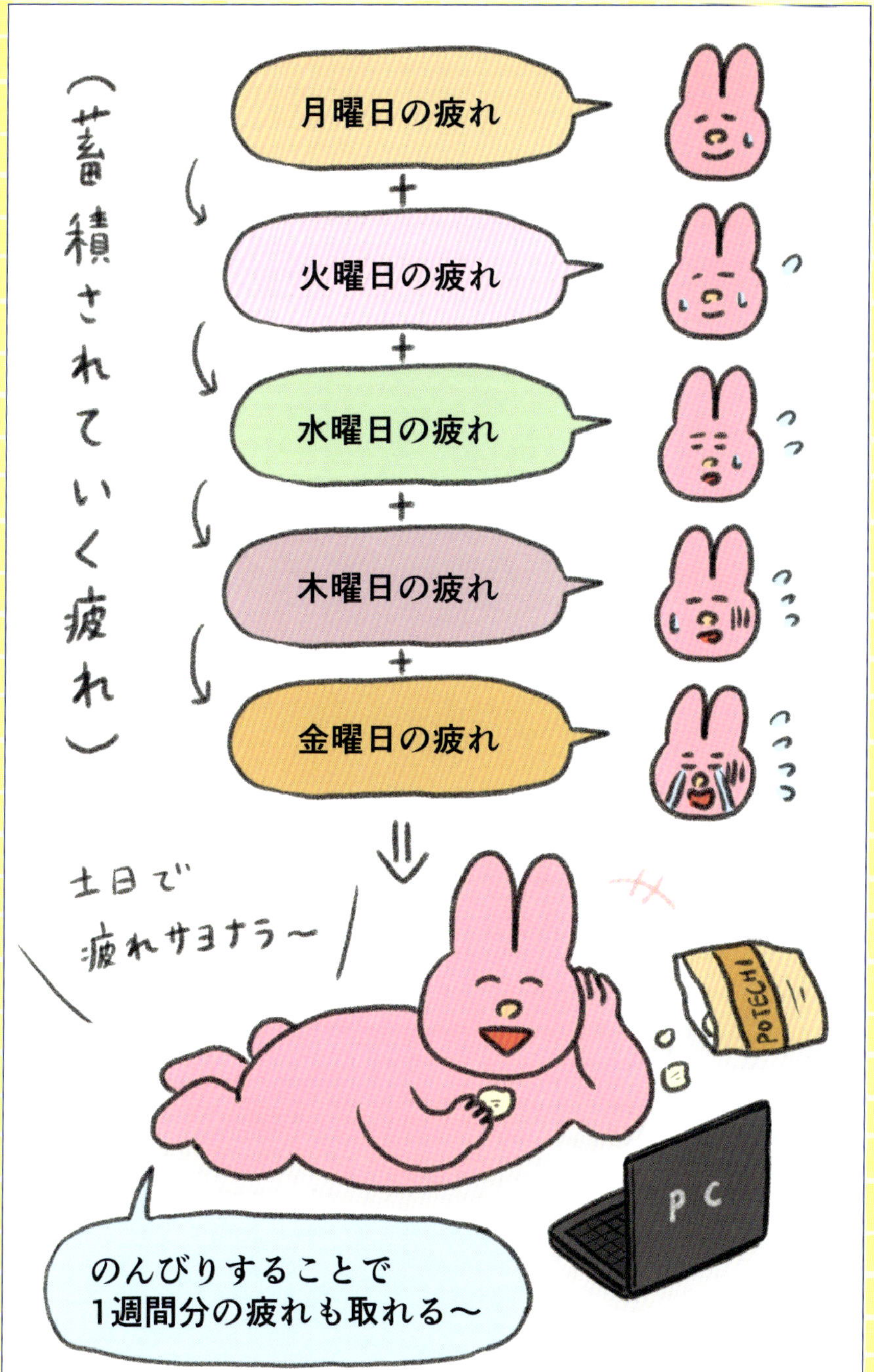
（蓄積されていく疲れ）
月曜日の疲れ
＋
火曜日の疲れ
＋
水曜日の疲れ
＋
木曜日の疲れ
＋
金曜日の疲れ
土日で疲れサヨナラ〜
POTECHI
PC
のんびりすることで
1週間分の疲れも取れる〜

泣いてしまって恥ずかしい……

泣くほど熱い気持ちがある……！

自分が新卒で入った出版社に、T君という優秀な同期がいた。

彼は頭も良く、努力家で、同期の中でもエース的存在だった。政治経済に強い関心を持っていて、雑誌編集部の配属を強く希望していた。

でも、配属発表の日、T君が呼ばれたのはまさかの営業部だった。

まぁ、社会人だし、自分の思いどおりにいかないこともあるよな、と彼をチラリと見たら、大粒の涙を流して号泣していた。しかもみんなの前で！

感情にふたをしてクールに振る舞うのが社会人としての暗黙のルールだと思っていたので、正直びっくりした。社会人で、大人の男性で、みんなの前で泣くなんて、そんなことをして大丈夫だろうかと、ちょっとハラハラした。

でも、同時に思う。泣くってそんなに悪いことなのだろうか。むしろ、それほど熱い気持ちを持っているってすごいことだなぁ、と。

悔しかったら泣いてもいいじゃない。むしろ人間らしくて尊敬する。

雑誌編集部を希望していたT君は
配属になった営業部でも熱心に働いていた
その姿を見ていた雑誌編集部の編集長が…
君、うちの部署を希望しているんだって？
推薦しておくよー
君、優秀らしいからうちにおいでよ
翌年、なんとスカウトされて希望の部署に異動になった
しみじみ…
熱意ってやっぱり人を惹きつけるんだなぁ…

なんてついてない
一日なんだろう

ついてない一日を
やり過ごせた自分に
乾杯！

外は快晴。久しぶりに外に出て、お気に入りのカフェでカフェラテでも飲もうかなぁと、自転車で出かけたときのこと。

カフェに行く途中、なんと自転車がパンクしてしまった。家に引き返すにも遠い場所だったので、仕方なく自転車を押しながら、カフェまで歩くことにした。

すると、カフェはまさかの臨時休業。おまけに雨まで降ってきて、あっという間に全身ずぶ濡れになった。びしょびしょのまま、ほかのお店に行く気力もなくて、結局その日は諦めて、パンクした自転車を押しながら雨の中を家まで歩いて帰った。それにしても、こんなについてない日ってあるだろうか。泣きたい気持ちになった。

でも帰宅してから思った。今日は明らかに運に見放された日。それなのに、事故にも遭わず、こうやって無事に帰宅できたじゃないか。それってむしろすごいことなんじゃないかって。

ついていない日。なんとかやり過ごせた自分を祝福したい。

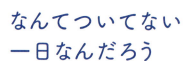

なんて
ついてない一日…
トボ…
トボ…
こんな日は…

こう思いたい
ただいま～！
ついてないのに
無事生還できた…！
めっちゃラッキ～！

死にてぇ〜

100年後には
みんな死んでいる

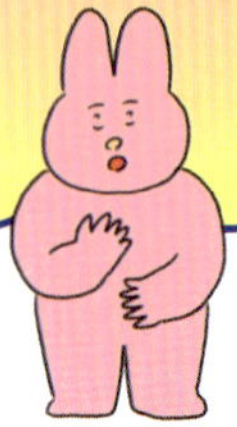

何をやっても仕事が全然うまくいかなかったとき、正直、この世から消えてしまいたいな〜と思ったことがあった。

その思いを知人に話してみたら、こんな言葉をくれた。

「そりゃ、生きていれば、死にたくなることだってありますよ。でも、どうせ100年後にはみんないやでも死んでるんだから、今急いで死ぬ必要ないですよ〜」

ちょっとびっくりした。消えたいなんてネガティブなことを言おうものなら「そんなこと言っちゃダメ」と真っ先に否定されると思ったから。なのに、気持ちを受け入れてもらえた。その上で、先延ばしにしようと提案してくれた。その絶妙な優しさがうれしかった。

生きていれば、消えてしまいたいと思う瞬間もあるはず。でも、何も今日慌ててすぐに消えることはない。

一日一日をやり過ごしていけばいい。その繰り返しでいい。そのうちきっと、いいこともある。

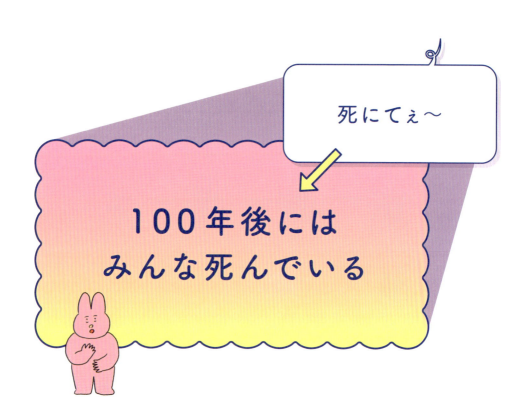

100年後には
みんな死んでるし
気楽にいこう〜
Yes!

やらかしてばかりの人生

生きている限り黒歴史……！

単行本の累計発行部数1億4千万部を超える大ヒット漫画『進撃の巨人』の作者、諫山創《いさやまはじめ》氏のブログのタイトルをご存知だろうか。それは、「現在進行中の黒歴史」。

原作のファンなのだが、そのブログ名を知り、さらにファンになった（笑）。

そのブログは現在、ほとんど更新されていないのだが、そのフレーズがすっかり自分の心に刺さってしまった。

自分も過去に書いた文章や、出版社から送り返された絵が部屋から発掘されたときは、そのあまりの稚拙《ちせつ》さと自意識過剰ぶりに、恥ずかしさで崩れ落ちそうになる。うわぁ〜、我ながら過去の汚点……と思い、顔が真っ赤になってしまう。

でも諫山氏の言うとおり、人生は「現在進行中の黒歴史」。黒歴史が前提なら、むしろ黒歴史を恐れて行動しないほうがもったいない。

生きている限り、黒歴史。失敗したって、やらかしたっていいじゃない。黒に黒を重ねて、自分なりの黒歴史に磨きをかけていきたい。

自分の人生
黒歴史…
失敗
失敗
失敗
ジャーン!!
どうせなら
黒に黒を重ねて
積極的
黒!!
自分なりの
黒を描こう〜

病んじゃった……

今日はとことん自分をかわいがるDAY！

年に数回ある、すべてがうまくいかなくて、何やっても自分なんかダメダメモードになる、メンタルが落ちまくっている日。

じつはちょっと落ち込むことが続いて、これを書いている今、そのタームに入ってしまった。だから、今日はもう決めました。

「今日の夜ごはんはケンタッキーのチキンにしよう！ ネトフリで映画！ ちょっといい入浴剤！ 寝る前にハーゲンダッツ！ そして猫と一緒に早めに寝る!!」

メンタルが病んでいることに意識が集中してしまうと、気持ちがどんどん暗くなって、しまいには病んでいる自分を責めて、さらに病んでしまう、という無限ループに突入する。

だったらそんな悪循環はスパッと断ち切って、むしろ、「病んじゃった日＝弱っている自分をとことんかわいがる特別な日」にモードチェンジしてしまう作戦である。

病んじゃった日だからこそ、自分なりの贅沢《ぜいたく》を用意して、今日の残りの時間をむしろ楽しいものに変えてみよう！

病んじゃった日
＝自分をかわいがる特別な日

どうせ死ぬのになんで
生きているんだろう……

どうせ死ぬんだから
今日も自分らしく生きよう！

自分はSNSでメンタルに関するイラストを日々公開しているのだが、「つらくないのか？」「怖くないのか？」と聞かれることが多い。

確かに、思うような反応がなかったり、批判的なコメントが送られたりすると、正直落ち込むしつらいなと感じることもある。それでも続ける理由は、極端な話、自分は「死」について考える時間が多いからだと思う。

大学の卒論も「どうせ死ぬのになぜ生きるのか」というテーマで書いたくらい、昔から生きることに対する漠然とした無意味さに悩んでいた。どうせ死ぬのになんで生きるんだろう……、すべてが無意味だ、と。油断すると、いまだにすぐ虚無状態になってしまう。

でも、だからこそ思う。どうせいつか死ぬんだから、今日も自分にとってやりたいことをやろうと。他人のことは気にせず、自分がいちばんやりたいことである表現活動をしようと。「死」の概念は重く、暗いけど、日々を自分らしく生きるための強いアシストにもなりうる、と思っている。

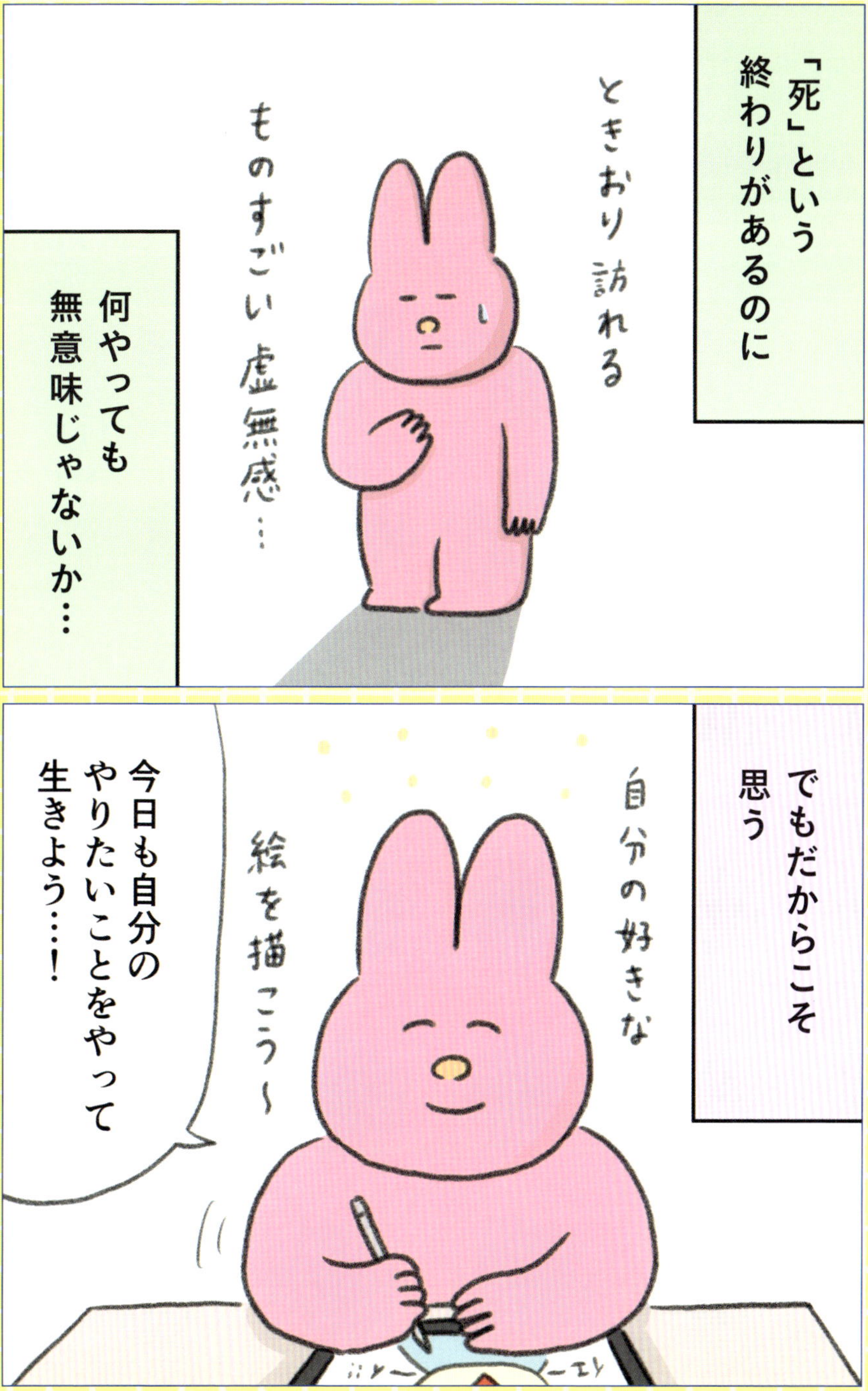
「死」という
終わりがあるのに
ときおり訪れる
ものすごい虚無感…
何やっても
無意味じゃないか…
でもだからこそ
思う
自分の好きな
絵を描こう～
今日も自分の
やりたいことをやって
生きよう…！

今がどん底……

あとは上に上がるだけ！

　数年前からずっと、体の痛みや不調を訴えていた父であったが、ふだん通っている内科では特段異常はないと言われ続けていた。それでも痛みに耐えられなかった父はようやく紹介状を書いてもらい、市外の大きな病院で検査をしてもらったところ、すい臓がんが発覚した。既にがんはステージ4まで進行していて、それを聞いた自分も母もショックで立っていられないほどだった。

　当の本人はもっとつらいはず、父になんて言葉をかけたらいいのだろうと不安でいっぱいだったとき、父は思いのほか、けろっとしていた。

「つまり今がどん底ってことだな。あとは、治療して上に上がるだけ」

　父のこの言葉に、自分も母もどれだけ勇気づけられたことか。

　これから治療をして、治していけばいいだけのこと。むしろ今発覚してよかった。どん底である今の状態を悲観するよりも、明日から上に上がることだけを考えよう。励ますつもりが、すっかり自分が励まされてしまった。

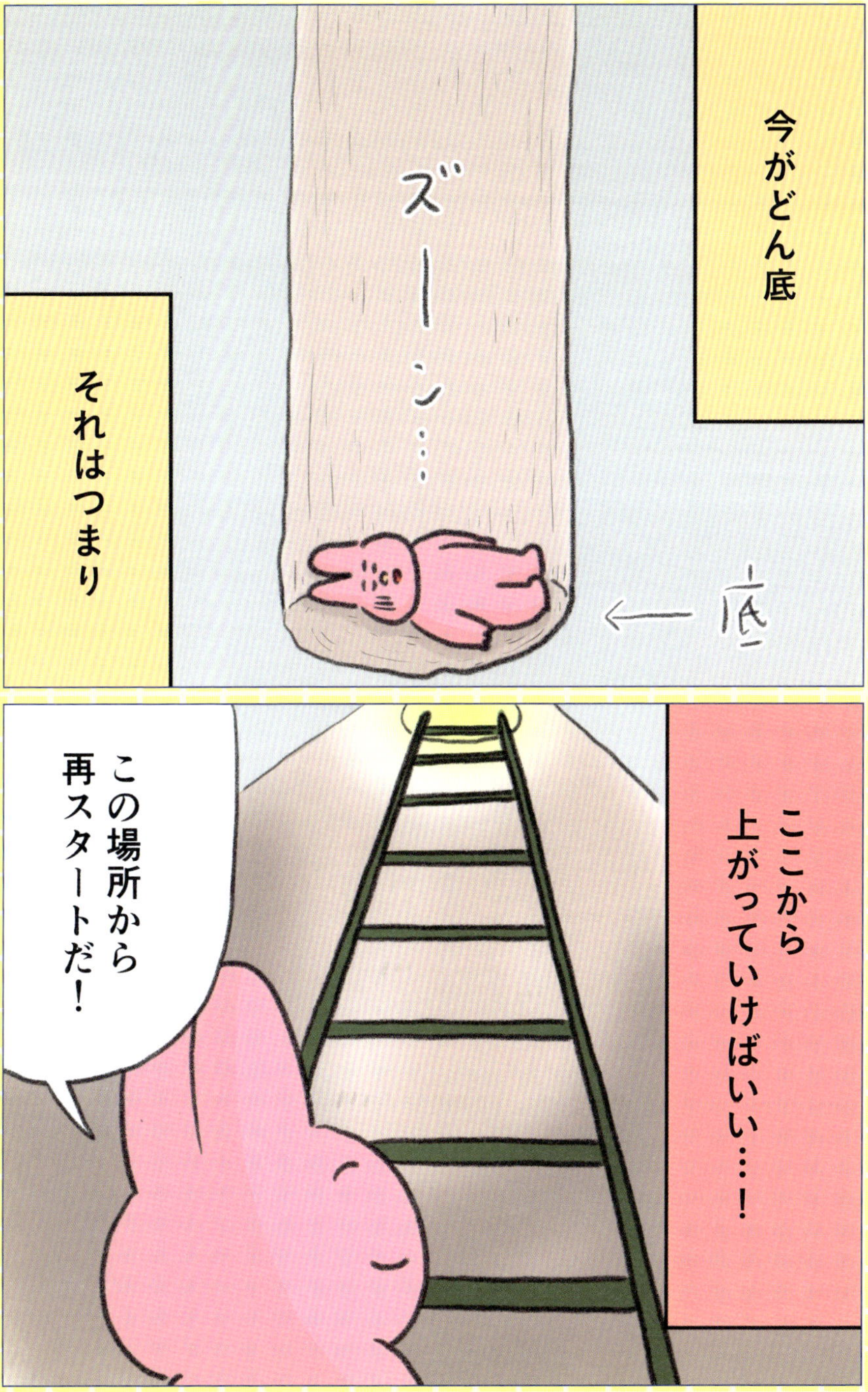
今がどん底
ズーン…
←底
それはつまり
ここから上がっていけばいい…！
この場所から再スタートだ！

しょうゆを床に
ぶちまけちゃったけど
ついでに床を
掃除できるから
ラッキー！

第４章

家族のことでしんどいとき

家族間にも、悩みや問題はあるもの。
親だって一人の人間。猫もかけがえのないわが子。
いちばん大切な存在だからこそ、うまく付き合いたい。

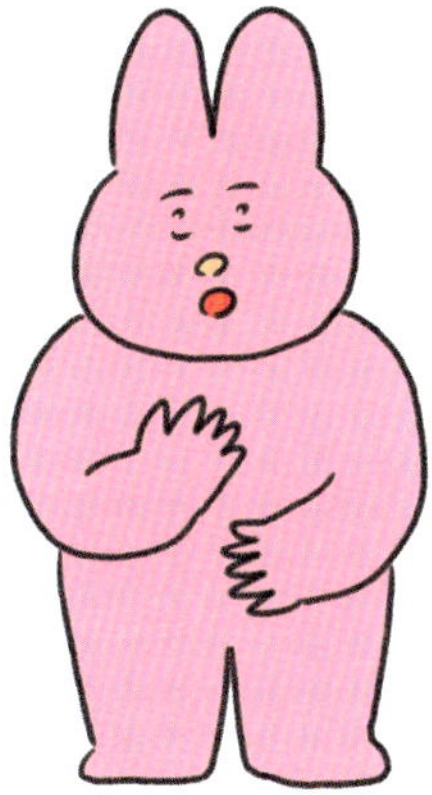

母が苦手

母も一人の人間

昔からテストの点数が低いと、母はいつも過剰にがっかりした。自分は勉強が好きというより、母を失望させたくない一心で必死に勉強を頑張っていた。

でも、自分の成績が悪いだけで、なぜ母はいつもヒステリーを起こすのだろう?と子どもながらに疑問だった。そして、そんな母が正直苦手だった。

それから数年経ち、父方の祖父が亡くなった。そのとき、母が自分の知らない過去を話してくれた。

本当は祖父母と二世帯で暮らす予定だったが、母と祖父がまったく反《そ》りが合わず、父と母はほとんど追い出される形で祖父の家から出て行くことになったという。だから自分にちゃんと教育を受けさせて、立派に育て上げたところを祖父に見せたかったのだと。そして母は、「ごめんね」とポツリと付け加えた。

それを聞いたとき、母も一人の人間なんだなと思った。自分にとって母は常に「母」だけど、人間だから葛藤や悩みも当然ある。母も「母」の仮面にずっと疲れていたのかもしれない。初めて本当の会話ができたと思った。

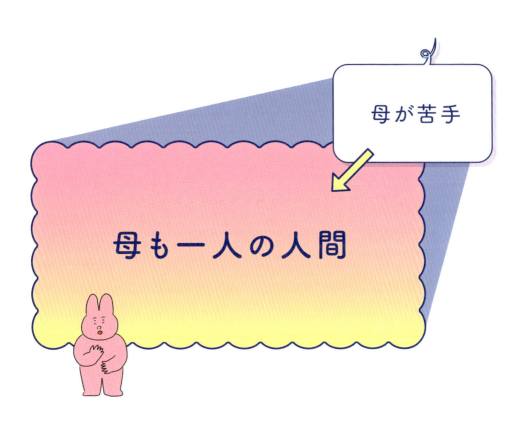

母は「母」である以前に
一人の人間であるということを
お母さんの言うことには
従わなきゃ… だって
「お母さん」だから…
子どもの頃は
よくわからなかった

でも大人になってからようやく
それがわかるようになった
そして母と対等な会話が
できるようになった
「母」というよりC美（名前）としての
「個人」
大人になってよかったと
思うことのひとつ

家族が病気になって毎日がつらい

毎日にはひとつひとつ意味がある

腑《ふ》抜けた大人の自分は、ただなんとなく毎日を送っている。今日という時間が過ぎれば、当然明日がやって来て、さらに明後日が来る。日々はまるでアメーバのように塊としてダラーッと広がって伸びていき、それが積み重なって一年となり、また次の一年が始まっていく。

子どももいなければ会社勤めもしていない自分は、特になんのイベントごともなくて、日々はただなんとなく続いていくものだった。そしてそれに対して何の疑いも持っていなかった。

ところが、父が病気になった。余命宣告を受けた。景色がガラリと変わった。

誕生日はもちろん、父の日やバレンタインデーといったイベント、春の桜、夏の海、秋の旬の食べもの、冬の年越し、お正月。父と過ごせる時間のひとつひとつに感謝が生まれ、それと同時に、日々にはこんなにたくさんの意味があり、一瞬一瞬がいかにうつろいやすく、本当は見逃せない瞬間の積み重ねでできているのだと思い知った。それぞれの日々の時間を、もう少し大切にしようと思えた。

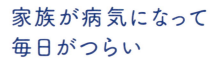

日々には
それぞれの
意味があった
猫が家に来た日 7/3
7/10
父の誕生日 4/21
大みそか 12/31
両親の結婚記念日 2/13
父の日 6月の第3日曜日
母の誕生日 4/13
お正月 1/1
桜の開花 3月後半
自分の誕生日 9/11
敬老の日

家族のことが許せない

家族にしてもらったこともある

自分の祖父は、晩年、ひどい認知症を患っていた。認知症が進行するにつれ、気に入らないことがあると怒鳴り散らし、ひどいときは祖母に対して杖を振り回すようになってしまった。両親もそんな祖父に正直辟易《へきえき》していた。

ある朝、ゴミ出しに行った祖母が意識を失い、倒れてしまった。それをきっかけに、祖父には介護施設に入居してもらうことになった。

両親も祖父には頭を悩ませていたが、倒れてしまった祖母の精神的ストレスを考えると、自分も祖父に対して怒りの気持ちが湧いてきた。認知症で仕方がなかったとはいえ、祖母があまりにもかわいそうだ。

でもそんなとき、昔のことを思い出した。自分が大学に受かったとき、あの頑固な祖父が涙を流して喜んでいたという。自分は祖父から愛されていたと気づいた。

その思い出ひとつで十分だと思った。自分は祖父の味方でいよう。何があっても全部許そう。だってお釣りがくるくらいの愛情をもらったから。

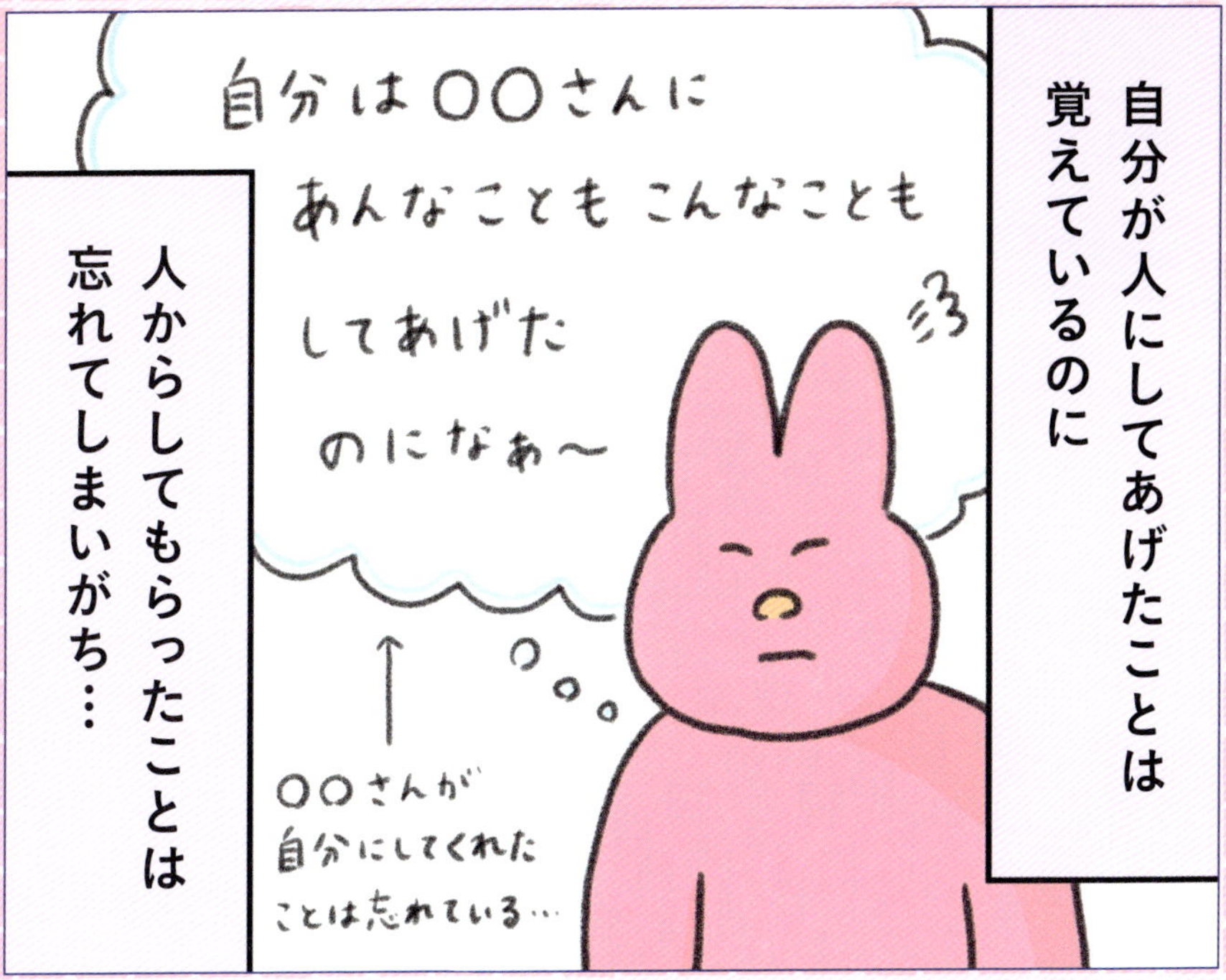
自分が人にしてあげたことは
覚えているのに
自分は○○さんに
あんなことも こんなことも
してあげた
のになぁ～
○○さんが
自分にしてくれた
ことは忘れている…
人からしてもらったことは
忘れてしまいがち…

特に自分にとって
大切な思い出なら
人からもらったものって
思いのほかたくさんある
絶対に
忘れないようにしたい

働きたくない……

猫のためなら働くぞ……

本当に労働が嫌いである。週5で働くくらいなら貧乏でいいから寝ていたいと思う派だし、口ぐせはずっと「働きたくない」だった。

でも、ここ数年、そんな自分にも労働意欲が芽生えはじめた。

というのも、猫を飼いはじめたからである。今は、黒猫、サバ猫、キジ白の合計3匹の猫と暮らしている。ちなみに全員、保護猫である。

かわいい天使の猫たちである。そして、どの子も自分の意思で一緒に暮らそうと決めて、我が家に来てもらったので、何があっても不幸になんてさせられない。絶対に幸せにする。

あれほど働きたくないと言っていた自分であるが、栄養のあるおいしいものを猫に食べさせるためにも、働いて、ちゃんとお金を稼がなければ！と思うようになった。そういった意味でも、猫の存在って本当にすごい……。

人は自分のためだけには頑張れないとよく聞くが、自分を振り返ってみてもそう思う。猫のためなら働ける。愛する家族をただ幸せにしたい。

かわいい猫たちを幸せにするためにも
今日も労働を頑張るぞ…！
「愛」とは与えること…
そして、責任を果たすこと…
ピギィ〜
(訳) ごはんくれ〜
フニィ〜
(訳) おやつくれ〜
ウワ〜ン
(訳) 新しいおもちゃで遊べ〜
猫チャンの奴隷
了解です!!

まわりはみんな親になっているのに……

自分は猫のママでーす！

まわりの同世代は続々と親になっているのに、自分は子どもがいない。

それに対してコンプレックスはまったく持っていないのだけど、ただ「逆に」まわりが自分に気を遣っているなと感じる瞬間がある。

たとえば高校時代の友達が「ママ友会」を開くとき。ママになった元同級生の食事会になぜか自分も呼んでもらえたのだが、そのうち呼ばれなくなった。もしかしたらその会自体がなくなったのかもしれないが、きっと共通の話題も関心ごともずれていき、おそらく自分だけが呼ばれなくなったのではないかと踏んでいる。

子持ちとか、子なしとかで分断しなくていいのに。でも、優しい人たちだからこそ、逆に気を遣わせてしまったのかなと思うと、心苦しい。

それに、別に子どもは人間じゃなくてもいいじゃないか。だったら自分は3匹の猫のママである。最近は子どもの話題になったときは、自分の猫の写真を見せて、「7歳になったあんこちゃんでーす」と我が子の紹介をしている。

うちの子でーす！
今年で7歳でーす！
ジャーン
そう言い続けてきたからか…
そういえばちょっと顔も似てきたよね？
ジーン…
わかるー目元とかなおちゃんに似てるー
最近では友人たちがこう言ってくれるようになった

ペットロスで
立ち直れない……

ペットと過ごした幸せの時間に感謝

今から数年前、実家の愛猫〝ニャンちゃん〟が天国に旅立った。

頭が良くて人なつっこい、とてもかわいい猫だった。18年生きたから、猫としては十分長生きしてくれたと思う。家族全員から愛されていた。

だから、愛していたぶん、失ってしまった悲しみは大きかった。こんなにかわいくて大切な子にもう会えないなんて、本当に信じられない。ニャンちゃんの最期の顔を思い出しては涙が止まらず、眠れない日々が続いていた。

あまりにも落ち込んでいたので、同じく飼い猫を数年前に亡くした友人がこう言ってくれた。

「そんなに悲しんでいたら、ニャンちゃんがかわいそうだよ。それに亡くなってしまった最期は一瞬だけど、一緒に過ごした時間はもっとずっと長かったでしょ？　その幸せの時間のほうを思い出して、いっぱい感謝したほうがいいよ」

本当にそうだ。楽しかった時間のほうが何十倍も多いのだから、その思い出でいっぱいにしよう。ニャンちゃん、たくさんの幸せをありがとう。

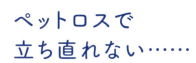

本当にかわいくて幸せだなぁ…
ウワ〜ン
でもこの子たちと暮らせる時間はあと何年だろう…
フニィ〜
ネクラな性格なのでついネガティブな方向に考えてしまう…
そんなときは友人の言葉を思い出す
一緒に過ごした幸せの時間に感謝したほうがいいよ
悲しむよりも
ガシッ
大好き!!
今一緒にいるこの瞬間を大切にしたい…!
フニィ〜

Column

今でも時々思い出す 外国で触れた、純度の高い優しさ

数年前、初めて韓国に行ったときのことである。

地下鉄を利用して移動しようと思い、現地のＩＣカードを購入したのだが全然うまく使いこなせない。日本のＳｕｉｃａのように改札機にピッとかざせば改札の外に出られるはずなのだが、自分の出るタイミングが悪いのか、自分の動きがトロいのか、毎回引っかかって止められてしまう。

ソウル市内でも大きな駅では駐在している駅員さんを呼ぶことができたが、人が比較的少ない郊外の駅だとそうもいかない。改札口には駅員さんが不在で、困っていても助けを呼べない。改札機にカードをいくらかざしてもエラーになってしまい、しばらくの間、改札内に閉じ込められてしまうという事態が起こった。

初めての韓国で、どうしよう、ハングルも読めないし。そもそも人も少ないし……。

改札内でウロウロしていたら、現地のおじさんが向こうから走ってきた。そして、韓国語で自分に何かを熱心に説明してくれている。でも、何を言っているのかわからない。自分も、わからない、という絶望したジェスチャーを繰り返す。それでも、おじさんはそんな自分にずっと早口で何かを説明してくれている。ついにおじさんが改札機に付いているボタンを指差して押すジェスチャーをしたので、自分も押してみたら、しばらくすると駅員さんがやってきた。そしてなんとか無事に改札の外に出ることができた。おじさんにお礼を言おうと振り返ったら、もうそこにはいなかった。

何を言っているのかさっぱりわからなかったけれど、あのおじさんは、そんな自分にずっと説明してくれていた。

それって、すごい優しさだなぁと思った。

自分がもし駅の改札内で困っている外国人を見かけたら、もちろん助けたいと思うけど、自分は外国語が話せないし、話しかけるのも恥ずかしいし、どうしよう、などと、いろんな理由をつけて躊躇《ちゅうちょ》してしまうと思う。

でもあのおじさんは、困っている自分を見つけた瞬間に駆けつけてくれた。そして、自分に伝わらない言葉で必死に説明して、助けようとしてくれた。その迷いのない、咄嗟《とっさ》の優しさがすごく眩しくて、尊かった。

言葉が通じるとか、通じないとかは、しょせん結果論である。それ以前の「相手をとにかく助けたい」という純粋な気持ちのほうがずっと大切だ。それこそがきっと純度の高い、本物の優しさなんだなぁと思い、帰国してからも大切なお土産を取り出すように、あのおじさんのことをたびたび思い出している。

背丈も縮んで
今では自分より
小さくなった母…
今度は自分が
守る番…
買い出し中

第5章

自己肯定感が低いとき

結局、いちばん悩むのは、自分のこと。
コンプレックス、完璧主義など、到底なくならない悩み。
今の自分を受け入れれば、もっと生きやすくなる。

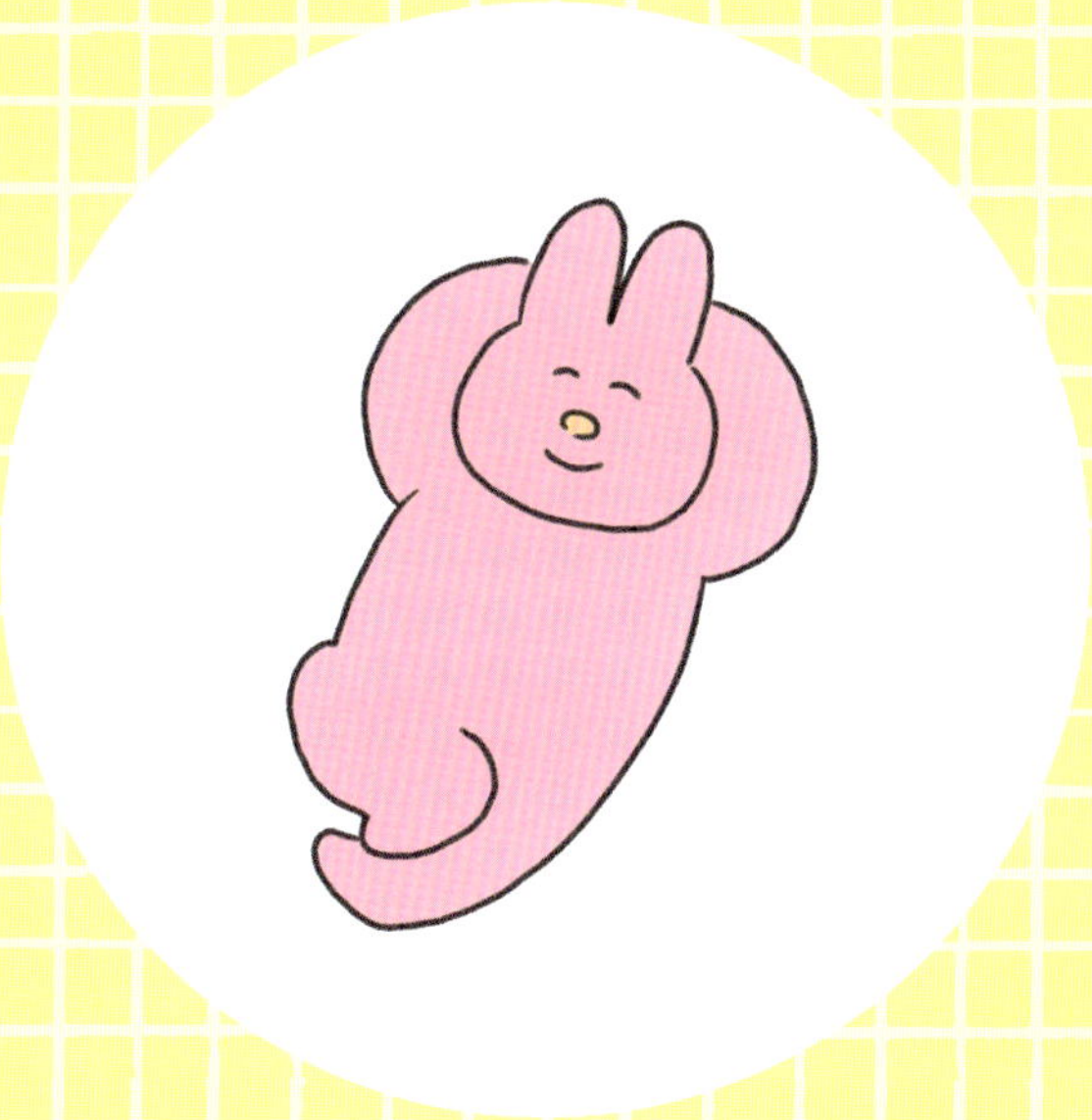

こだわりが強くて
生きづらい……

生きづらさこそ個性

高校時代、自分はロリータファッションにハマっていて、制服のスカートの下にフリルを足したり、やたらと厚底のローファーを履くなどして、自分なりに制服をかわいくアレンジして通学していた。また、服装だけでなく、髪型やメイクに対しても強いこだわりがあり、とりわけ前髪に対しては、それが顕著だった。

前髪は、常に眉下でまっすぐ切り揃えていたかった。お人形のように常にまっすぐを理想としていた。それが自分のルールだった。

でもそれってすごく生きづらい。体育でちょっとでも走ったら前髪が乱れるし、朝起きて前髪にひどい寝ぐせが付いていたら、その日は学校を休んだりしていた。今思うとほんとバカみたい。なんて不自由だったんだろう。

とはいえ、その不自由さが個性だった。そのヒリつきが若さだった。

今は大人になって、そうしたこだわりもなくなってしまって、ある意味生きやすくなったけど、何か大切なものを失ったんだなとも思う。

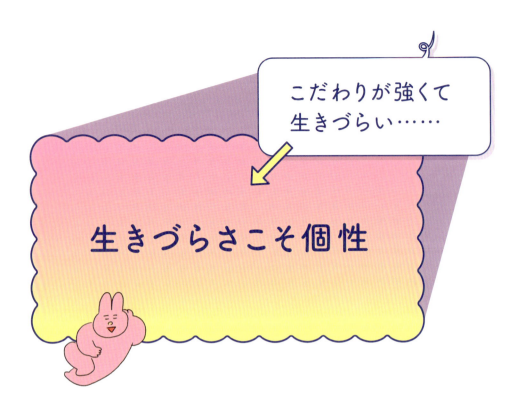

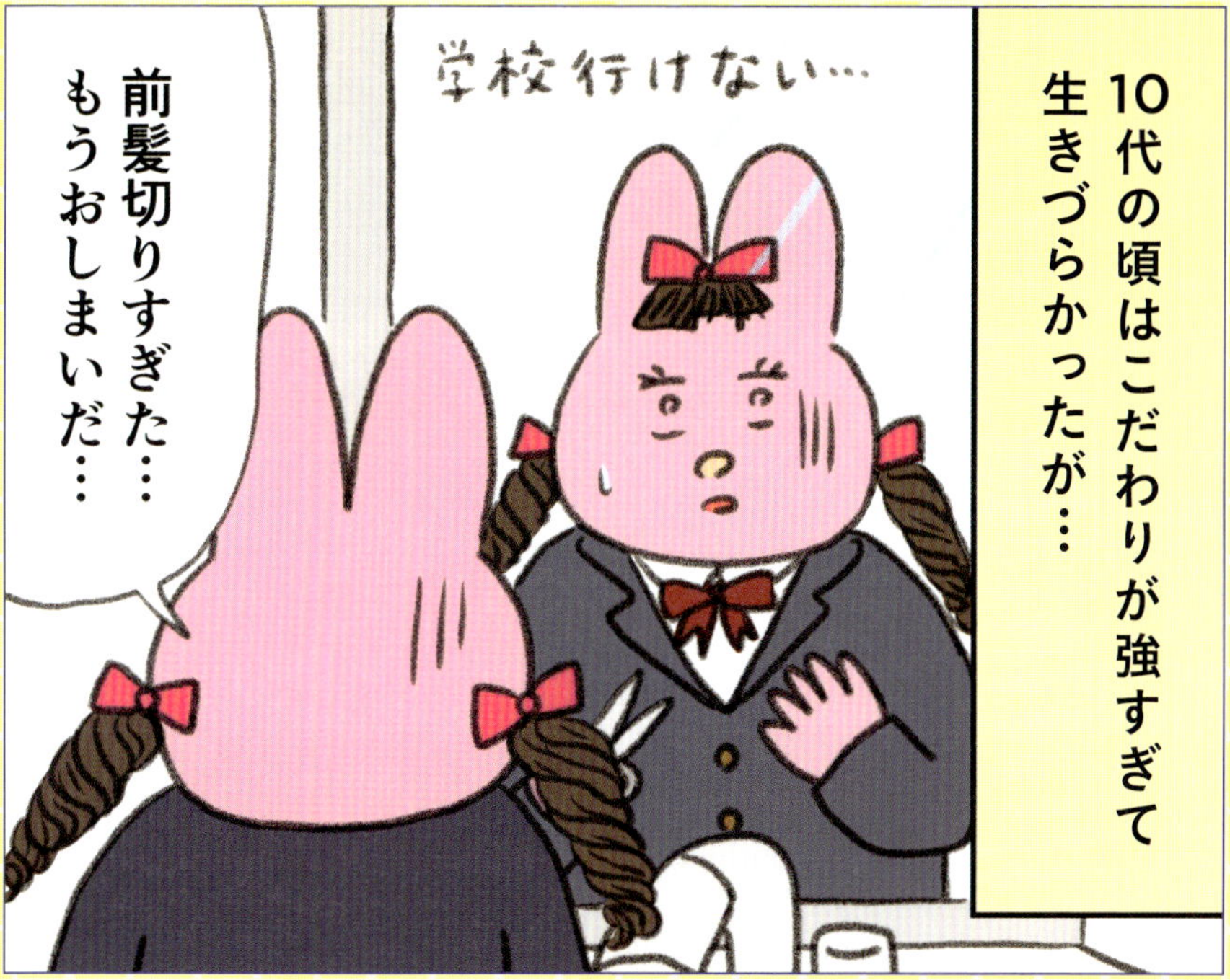
10代の頃はこだわりが強すぎて
生きづらかったが…
学校行けない…
前髪切りすぎた…
もうおしまいだ…

でも、その生きづらさこそが
「若さ」だったんだなと
今では思う
ラクではあるけど…
もはや前髪なんて
気にしない自分は
つまらない大人に
なってしまったなぁ…

散財しちゃった……

推しに貢献できた

サンリオのマロンクリームというキャラの大ファンである。

好きになったのは、8歳のとき。

当時、体が弱くて新学期早々入院することになったのだが、そのとき、入院グッズとして母がマロンクリームのお泊まりセットを買ってきてくれたのだ。それが信じられないくらいかわいくて、うれしかった。その思い出を回収するように、大人になってからマロンクリームグッズを見つけては買い集めるようになった。

特にメルカリが普及し、昔のサンリオグッズも容易に購入できるようになってからは、その勢いは止まらなくなった。この世のマロンクリームグッズをすべて手に入れたいと、気がつけばグッズに20万円以上使っていた。

貯金もないのに、さすがに散財しすぎた……。でもいい。マロンクリームという推しのためなら。

これからもサンリオからマロンクリームのグッズが出るたびに買いあさって、陰ながらマロンクリームを応援していきたい。

〜サンリオショップからの帰り道〜
またサンリオショップでマロンクリームグッズを大量に購入してしまった…
ノート
レターセット
シール

でも推しキャラの売り上げに貢献できたし！
かわいいイラストの勉強になるし！
お金使って経済回したし！
よくやった…自分…!!
思いつく限りの正当化を自分に与えていきたい

部屋が
散らかっている……

すぐにものが取り出せて便利～

ものすごくズボラで、常に部屋が散らかっている。片づけなくちゃと思いつつできなくて、そんな自分は人間としておしまいだと思っていた。

あるとき、コタツテーブルを移動させようとテーブルの板を持ち上げたら、誤って足に落としてしまった。板の角が右足の小指を直撃し、あまりの痛さに悲鳴をあげた。足はどんどん紫色に腫れていき、その日は歩けない状態になってしまった。

しかし、そんなとき、助かったのがこの散らかった部屋である。

鼻をかもうと思ったらティッシュがすぐそこにある。小腹が減ったと思ったら、ちょっと身を乗り出せば菓子パンがある。

自分がふだん座っている半径1メートル周辺に、ものが散乱していたおかげで、移動を最小限に抑えられる。部屋が散らかっていて本当に良かったと思う瞬間だった。

それに、自分の部屋が散らかっていたところで誰かに迷惑をかけるわけでもない。それが過ごしやすいのであれば、多少は散らかっていてもいいと思う。

半径1メートル以内で好きなものが手に届く
自分の部屋くらい自分の好きなようにしていいっしょ…！
パン
POTECHI
そう、ここは自分にとっての楽園…！

顔の赤みがコンプレックス

化粧のスキルが向上しちゃう！

10代の頃はニキビができやすい肌質だった。ニキビ自体も憂うつであったが、それ以上に憂うつだったのが、ニキビが治ったあとに残る色素沈着だった。鏡を見るたびに憂うつになる、なかなか消えない肌の赤み。その赤みはどうやったら消えるのか、日々頭を悩ませていた。そして、高校生の頃から化粧のやり方を勉強しはじめた。

まだYouTubeも普及していない時代。本や雑誌を読みながら、コンプレックスを解消する化粧のやり方を調べまくり、少ないお小遣いをやりくりして、雑誌で紹介されている化粧品を揃えた。

その成果もあって、化粧のスキルがぐんと上がった。赤みやシミを消すだけでなく、その他のアイメイクやリップメイクのやり方もマスターしていった。

今でも化粧の研究は怠らず、年齢の割に若いですねと褒められることがあるのは、化粧のやり方を日々研究してきたおかげだと思う。

コンプレックスがあったからこそ、それをカバーするべく化粧のスキルが上がり、人から褒められるようになった。コンプレックスにも少し感謝。

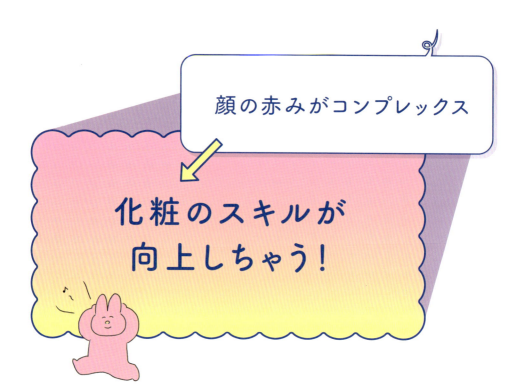

顔の赤みがコンプレックスだったので
ぬりぬりー
コンシーラーの研究をするぞ〜!!
10代の頃から化粧の研究をはじめた
ぬりぬりー

結果、化粧のスキルが上がった…!
自然な
ツヤ肌…!!
これもコンプレックスがあったからこそ…!

太っちゃった……

新しい自分の魅力を発見……!

最近、太ったなぁと感じる。特に下半身。ある日、鏡に映った自分の尻をまじまじと見たら驚いた。前より下半身がひと回り大きくなっているし、はいているズボンがパッツンパッツン……!　明らかに太っていた。

そりゃ、毎日座り仕事をしているし、30代半ばを過ぎると、代謝も落ちてやせにくくなるし、何もしてなかったら当然太るよね。ちょっと反省した。

でも、じつのところ、太ったことでちょっといいこともあったのだ。

まずは、猫が膝に乗るようになったこと。今まで膝に乗ることがなかった二番目の猫が、自分の太った足が安定するのか、よく膝に乗ってくれるようになった。ゴロゴロ喉を鳴らして寝転がる。それがとてもかわいくてうれしい。

あとここ数年、ちょっとこけたなと思っていた頬が少しふっくらした。それにより、肌にハリが出て、少しだけ若く見えるようになった。むっちりしている自分も悪くない。新しい自分の魅力を発見できた、と無理やりでも思いたい。

最近
太ってしまった…
!?
ガーン
全然
肉が落ちない…
ブヨ…
ブヨ

でも太ったおかげで
猫が乗ってくれるようになった
脂肪の上で
ゆっくり
お休み…
フニィ
ゴロゴロ…
猫のソファになれた…！

自分にハエが止まった……

虫にも好かれる自分って素敵

忘れもしない中2の夏の定期テスト中。その日はうだるような暑さで、教室の窓を全開にして、クラスのみんなは静かにテストの問題を解いていた。

しばらくすると、「プゥ〜〜ン」と音を立てて窓からハエが入ってきた。

比較的大きめのハエだったのか、静かな教室にハエの音だけが響き渡っていた。ハエはしばらく教室を旋回するようにみんなの上を飛んでいた。みんなはテストの問題を解きながら、ハエの動向を気にしていた。しばらくして、プゥ〜〜ン、ピタッ。ハエはなんと、自分の額の上に止まったのだ。

慌てて手で追い払う。しかし、その後もハエは自分の頭の上に戻ってきて、なかなか離れてくれなかった。それを見ていたクラスのみんなは、テスト中にもかかわらずクスクスと笑いはじめた。自分は恥ずかしくてテストどころではなくなった。

でも、考えてみたら、虫も人間も同じ地球に生息する生きものじゃん。虫にも好かれる自分って素敵じゃん。そう自分を慰めて、またテストの問題に取り掛かった。

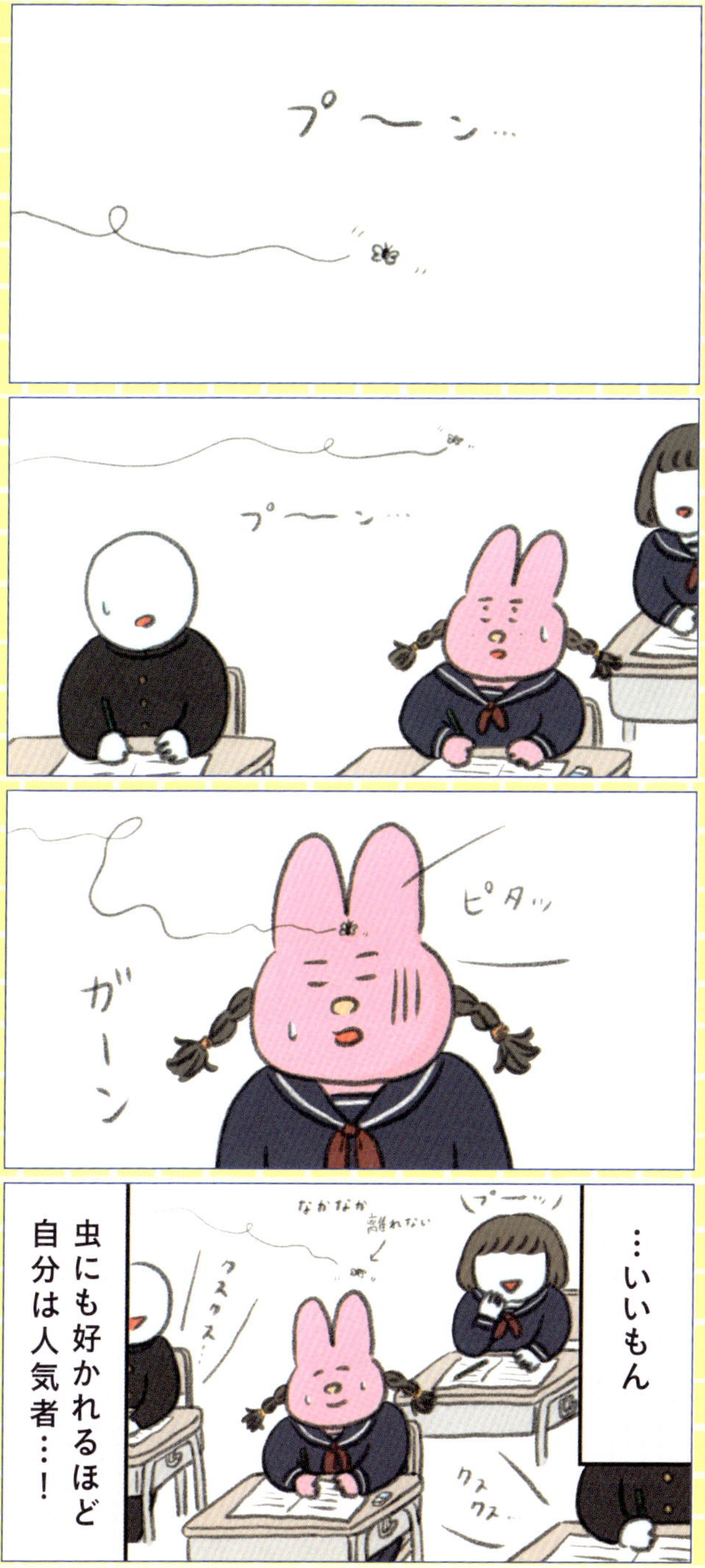
プ〜ン…
プ〜ン…
ピタッ
ガーン
…いいもん
虫にも好かれるほど
自分は人気者…！
なかなか離れない
プーッ
クスクス…
クスクス…

年をとるのがつらい……

今が人生で
いちばん若い

自分の年齢を言うことに躊躇しはじめるようになったのは、一体いつからだろう。多分、30代の半ばを過ぎたあたりからだと思う。

この社会の風潮がそうさせるのか、もはや生きものとして仕方がないのか、年をとることに対するネガティブなイメージが強すぎる。

自分だって世間的には、もう「おばさん」と言われるような年齢だけど、どんなにふだん自虐ネタを披露しても「おばさん」とだけは自分に対して言わないようにしている。それくらい「おばさん」という言葉が苦手だし、年々老けていく自分を見るのもつらい。

でも、今が何歳であろうと、これからいくつになろうと、変わらない事実がある。それは、これから歩む人生の時間の中で、今この瞬間の自分がいちばん若いということ。

今から新しいことをはじめたっていい。いくつになっても、毎朝、目を覚ました瞬間に自分は旬でありたい。毎日、生まれたてのフレッシュな気持ちでいたいと思う。

年を重ねることに対するネガティブなイメージって強い…（特に女性は）

ネットを見ていると落ち込む言葉ばかり…

「ババア」「劣化」

「女は若くないとダメ」

「若づくり必死」

「オワコン」

年を重ねることってそんなにダメなの…!?

でも自分のこれからの人生で今がいちばん若い
今から中国語を勉強するぞ～!!

ハオチー!

好吃!

はじめての中国語
今からでも新しいことをどんどんはじめたい…!

楽しみにしていたのにがっかり……

次回の楽しみができたね！

以前、友人とある有名な遊園地に行ったときの話である。

その遊園地ではアトラクションが新設され、自分もそれに乗ることを何カ月も前から楽しみにしていた。でも、当日、遊園地に行ったら、そのアトラクションは整備点検のため、まさかの運休。

「え〜、楽しみにしていたのに……」。あからさまにがっかりしてしまった。すると、友人はこう言った。

「まぁ、今回は仕方ないじゃん。逆に、次来るときの楽しみができてよかったね〜！」

その言葉を聞いた瞬間、心がパァ〜ッと明るくなった。確かに、今回乗れなかったぶん、次に乗ることができたら、きっとさらに楽しい気持ちになれるだろう。

そして友人の「次来るときの」の部分に、「自分とまた一緒に来たい」というメッセージも感じられて、それが二重にうれしかった。

たったひとつの言葉で、こんなにも人の気持ちをマイナスからプラスに変えられる友人を心から尊敬した。

チュロスうま〜!!
次来るときの楽しみができてよかったね〜!
ありがとう〜!
一度でおいしい二度言葉…!
言葉はこんなふうに使いたい…!

道に迷った……

さぁ、冒険のはじまりだ！

一時期、台湾にハマっていた。暇さえあれば小銭をかき集めて行っていた。

台湾には猫村という、たくさんの猫が生息する古くからの炭鉱の村がある。自分は大の猫好きだし、たまには台北の中心部から離れて地方にも足を延ばしてみたいなと思い、ローカル線に乗って猫村に向かった。

その日は、さわやかないい天気。ローカル線に揺られながら、暖かい日差しを感じて目をつむる。……すると、いつの間にか寝落ちしていた。

ハッと気がついたときには、まったく知らない駅に着いていた。いや、台湾の駅はそもそも知らないのだが、そこはまるで夢に出てくるような森に囲まれた洞窟の中の駅だった。駅の看板を見ても、中国語でよくわからない。ここは、一体どこだろう。自分はちゃんと帰れるのだろうか……。足元が急に震え出した。

でも、これでこそ、旅。ガイドブックどおりに進んでいたらつまらない。迷った瞬間から冒険がはじまる。きっと人生もそうだろう。

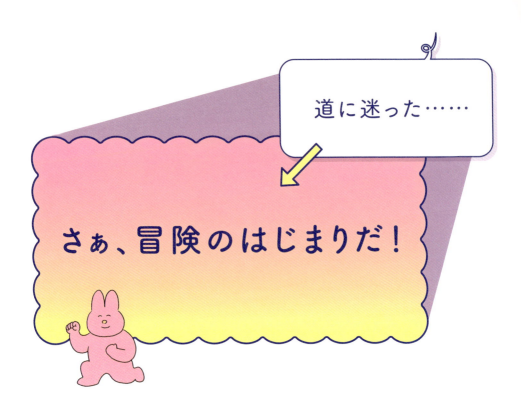

慌てて起きて山奥の洞窟の中みたいな駅に降りてしまった…
ボー…
ココハ ドコ…?
ワタシハ ダレ…??
まだ夢の中にいるみたい…
in 台湾
でも駅の外には絶景があった
すごい…! 眼前に迫り来るでっかい山…!
これぞ旅…!

悩んでしまうことばかり……

悩んだ経験こそ人生の財産

悩みをひとつクリアしたと思えば、また新しい悩みがやってくる。むしろ悩みがない日のほうが少なくて、自分は大丈夫なのだろうかと漠然と不安になる。

でも、過去を振り返ったとき、鮮明に思い出されるのは、悩みの最中で必死にもがいていた「あのときの自分」なのかもしれない。

学校で友達に無視されて落ち込んでいたとき、吹奏楽部で自分だけが音を外してしまったとき、会社を休職して未来が見えなかったとき。

不思議と思い悩んだ瞬間ほど、その景色をありありと思い出せる。そして、いろいろあったけど、今もなんとか生き延びている自分に対して、ちょっとだけ誇らしい気持ちにもなれる。

うまくいっても、いかなくても、悩んでいたその時間が、きっと10年後の自分の支えになる。あの時間があって良かったと思えるときが来る。だから、悲観しなくていい。ちょっと先の未来を想像して、この悩んでいる経験が自分の大切なひとつの財産になると信じていたい。

思い返せば今まで
いろんな悩みがあったけど
つらい…
うわー
絶望ー
……。
人生
終わった…
なんとか乗り越えて
自分は今ここにいる
もしかしたら
そのひとつひとつが
ムダなことなんて
ひとつもないね…
今の自分を強くする
財産になっているのかも…

最近、気持ちが
下降気味……

どうせなら低空飛行を楽しもう

時代や自分の環境も日々刻々と変わっていくというのに、ずっと変わらずSNSで同じような発言をし続けてもいいのだろうかと、最近、妙な焦りと不安があった。

焦りがあるから、新しいアイデアもなかなか出てこないし、自分に自信が持てないから、絵を描いていてもおもしろいと思えない。さらに焦りと不安が募る。一人でそんな悪循環に落ち込んでいた。

なんだか、下降しているなぁ。やる気も出ないなぁ。このまま終わっていくのかなぁ……。

そんなときは自分が休職していた過去を思い出す。仕事もないし、未来も見えないし、心も体も底のほうに沈んでいた。でも、底にいたからこそ感じられた思いや見える景色もあって、今振り返ると貴重な時間だったなと思う。

毎日が低空飛行なら、いっそのこと、その景色を楽しんでみよう。

その景色はどんなに低くて暗くても、空高く飛ぶジェット機には見えない視点だから。そのときの自分にしか見えない景色を大切にしたい。

猛スピードで空高く飛ぶのは憧れるけど…
速くて最高だけど景色を楽しめないなぁ…
ジェット機は速いな〜!!
ヒューン‥

低空飛行で飛ぶのも味わい深い
じっくり景色を楽しめるなぁ…!
のろ〜り…

傷ついた……

傷ついたぶんだけ
また優しい人間になれる

目の前にいるこの人はなんて大きな優しさをくれるのだろうと思うとき、その人はその優しさのぶんだけ深く傷ついた経験があるのではないだろうか。年を重ねるごとにそう思うようになってきた。

もちろん、多くの人が大なり小なり傷ついた経験があるだろう。逆に傷つけられた経験があるからこそ人に対して憎悪の気持ちを抱く人もいる。

でも、誰かに言われた言葉や仕打ちに傷ついたとき、同じような傷を負った人の痛みに敏感になり、共感し、手を差し伸べることができる。優しい人間になれる。

いやいや、優しさなんて何になる、特にこの資本主義社会で優しさなんて無意味ではないか。そういう気持ちもわかる。でも、それはたまたま属している時代や環境という自分の外側の話であって、外側は常に変化する。特にこれからのAI時代、結局最後に残る価値や尊さは、人間の内面なのではないだろうか。

それと、単純に自分は優しい人間が大好きだ。優しい人ほどたくさん報われてほしい。

優しい人が
超報われますように…！

おわりに

昔から、暗い性格が悩みだった。いつも自分と他人を比べては、自分なんて価値がないと思っていた。物事をいつも否定的な側面からとらえてしまい、「どうせ自分なんて」「何をやっても無意味」という言葉が口ぐせになっていた。そして、ますます性格が暗くなっていった。

大学時代は、その思考があまりに極端なほうにいってしまい、あるとき、駅の中を歩いていたら、「今、右足を出しても、左足を出してもどうせ無意味だ」と、歩けなくなってしまったことがあった。友達もできずに、大学の4年間はほとんど家に引きこもって過ごしていた。それくらい、暗かった。

でも就職して、職場環境が合わずにうつで二度目の休職をしたとき、いよいよやばいなと思った。まるでストッパーが外れたかのように、自責の言葉が止まらなくなってしまったのだ。

「今日も一日寝て終わった」「無職のくせに、今日も何もできなかった」「ダメ人間」……。息を吐くように自分を否定する言葉が湧いてきて、自分の思考で窒息しそうになっていた。

もういい加減、変わらなくちゃと思った。今すぐ明るい性格にはなれないけど、自分に起こった出来事に対して、少なくともとらえ方だけでもちょっと変えてみようと思うようになったのだ。それが、本書で書いた「言葉のうわがき」である。

一日寝てしまった日は、そんな自分を責めたりしないで、「ゆっくり充電できた」「なんて贅沢な一日だったんだ」という言葉に置き換えるようにした。